Fan
ファン文庫

七福神食堂

著　宮川総一郎

マイナビ出版

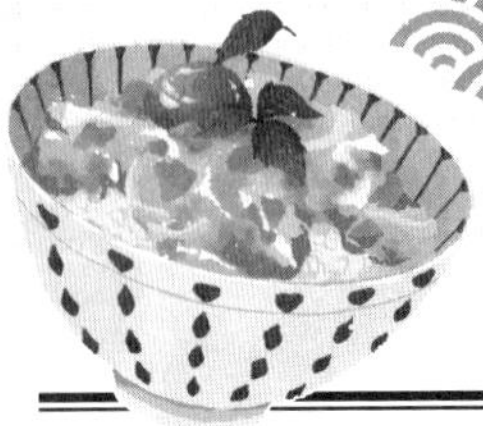

もくじ

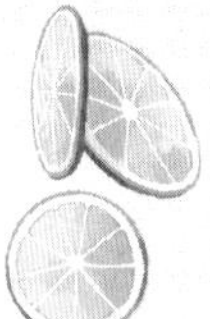

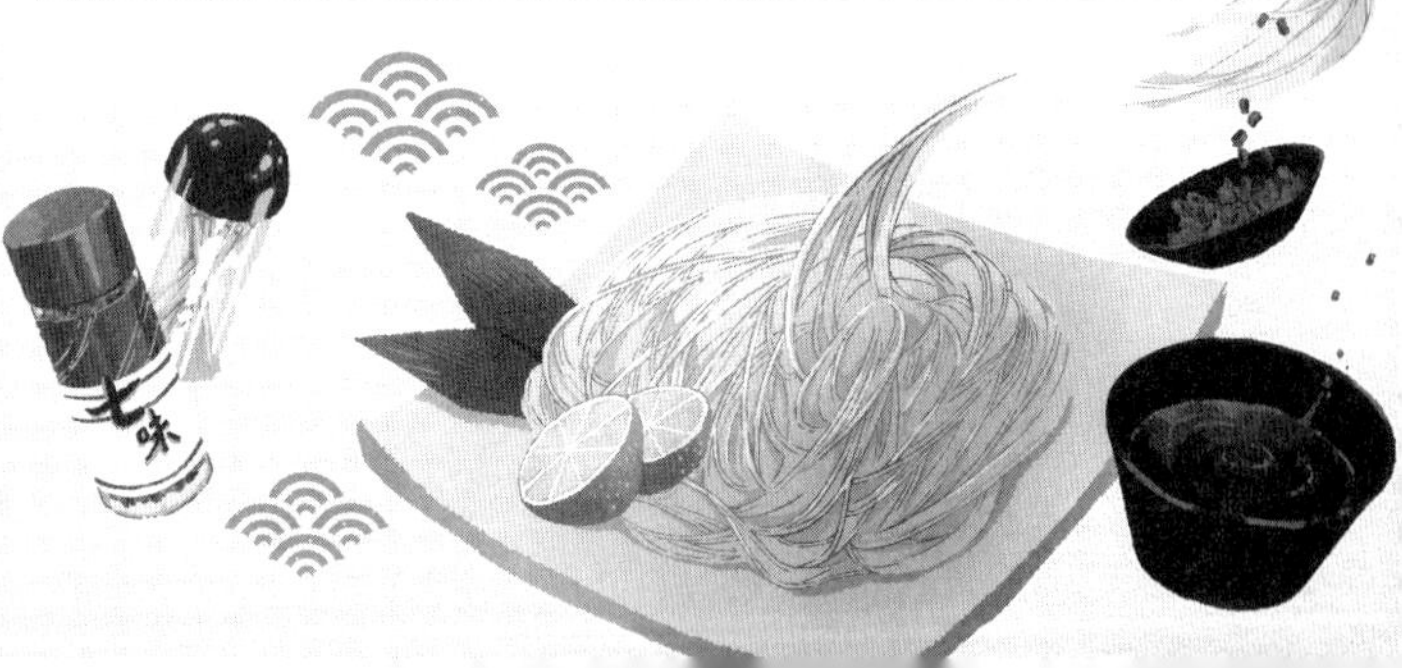

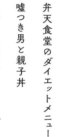

七福神食堂

序章

「いらっしゃいませ！」

暖簾《のれん》をくぐり、ふら〜り、ふらりと店内に入ってきたのは、白く長い顎髭《あごひげ》をたっぷりと蓄えた小柄な老人。美緒《みお》は間髪容れずに元気よく声をかけた。

「ほっほっほ……。今日も元気じゃのぉ美緒は」

「あっ、オーナーでしたか。失礼しました！」

小柄な美緒よりも、さらにずっと背の小さな老人は、豊かな白髭とは対照的に、まぶしく光る長く伸びた頭の頂き付近を手で撫でながら、ゆっくりと、そう広くない古民家風の店内を見回した。

「儂《わし》じゃ、福禄寿《ふくろくじゅ》じゃ。出てこんか、弥太郎《やたろう》。……ん、……またも、おらんのか？」

「弥太郎さんなら今日も、もういませんよ福禄寿様。料理長のくせに、ろくに仕込みもしないで、ぷいと出ていっちゃいましたから。どうせ、またどこか余所《よそ》の神社の参道でナンパでもしているんだと思いますよ」

「う〜む、神をも畏《おそ》れぬ不届き者め……。あやつがこんな体たらくじゃから、店の売り上げが一向にあがらんのじゃ。もうすぐ昼時だというのに、今日は、ひとりの客もおらんわ！」

老人の頭は怒りのせいか、眉から上の、おでこから頭頂部にかけてが、ますます伸びていっているように見える。いや、目の錯覚ではない。長い頭がさらにぐんぐんと伸びて、もともと四頭身くらいだったのが、もう三頭身くらいになっている。思わず美緒は目を擦《こす》って見直してしまった。

「すみません、すみません。私、頑張ります。どうか怒りを鎮めてください。あ、そうだ。お蕎麦でも食べませんか？　私が修業してたお店、『貉庵《むじなあん》』風、鴨南蛮蕎麦なんていかがですか？」

「む……。美緒のせいじゃない、怒っとらんよ。お前さんが良くやっとるのはわかっておる。じゃがな……、このままではいつまで経っても一番食堂には成れんし、弥太郎の評価は半神半人のままじゃろうから、お前さんも早々にはうつし世には戻れぬだろうよ……。いや、それどころか……」

「え～、そんなぁ」

美緒がひょんなことから、八百万《やおよろず》の神々が住まう世界に建つ、『福禄寿食堂』に料理人として連れてこられてからもう、うつし世では数か月は過ぎただろうか？

人が日常生活を営む「うつし世」と、この神々の世界「とこ世」とでは、時間の流れが違う。早いとか遅いとかの違いというより、とこ世の時間の流れ方は、人間には正確に把握できないのだ。だから普通の人間の女の子である美緒にしてみれば、ここに来てから何日経ったのか、あるいは何か月過ぎたのか、今ひとつ判然としない。一日のサイクルとしては、普通に朝から夜になるのだが、一月単位くらいで思い返してみると、いつの間にか季節が変わっていたりして、記憶も曖昧になるのだ。

　この食堂の主宰神である福禄寿の神や、ここに出入りする他の神々の話では、近隣には七人の神様が祀られる七つの神社があり、七福神巡りが盛んに行われていて、その近くにはそれぞれ食事処が設けられており、総じて『七福神食堂』と呼ばれている。

　福禄寿の神は、七つの食堂の中で一番の評価と人気を獲得しなければならない、と料理長である弥太郎に命じていた。評判が高まると、お社《やしろ》がある天祖《てんそ》神社の結界域が大きく広がり、福禄寿の神力も今よりずっと強くなる。そうなれば食堂とうつし世との間を繋ぐ扉である『通戸《かよいど》』から、美緒のように一部の選ばれた人間を食堂に迎えたり、神々がうつし世に出ていくことが安定してできるようになるのだそうだ。

「兎にも角にも早く弥太郎を捕まえて、なんとか仕事をさせるのじゃぞ、美緒よ……」

　そう言い残すと、福禄寿はスッと店を出て、ものの一秒と経たないうちに煙のように消えてしまった。

　美緒は、自分をごく普通の料理人の卵に過ぎないと思っていた。しかし、突然彼女の前に現れたチャラチャラした怪しげな若者に捕まって、なぜか食堂の経営再建を手伝えと言われてしまった。

　しかしその肝心の男は、毎朝ほんのちょっとだけお店に顔を出すと、「僕は新メニューのヒントを探求しに出かけるから、あとは頼んだよ」などと言って、すぐにいなくなってしまう。要するに丸投げなのだ。修業中の彼女は思う。

「人間相手に出す料理だって難しいのに、神様に喜んでいただくなんて、いったいどうしたらいいのよ！」

第一章　貉庵

夕暮れ時の少し前、美緒の勤め先の蕎麦屋、『貉庵』は、店主であるおやじさんが夜の営業の分の蕎麦を打つ間の一～二時間ほどが休憩時間になる。

店を出た美緒は、近くの公園を散歩しようと北十間川《きたじっけんがわ》の西端にかかる枕橋《まくらばし》を渡り、東武鉄道の高架をくぐると、隅田川《すみだがわ》沿いの公園「旧水戸藩下屋敷跡」付近で足を止めた。屋敷の跡とはいうものの、そこは単なる緑豊かな公園であり、その形跡は観光案内の看板くらいでしか確認できない。だが頭上に拡がる、萌える若葉を湛えた初夏の木立は桜の古木群であり、ほんの少し前の季節には、映画かドラマの一コマのように桜ふぶきが舞っていた場所だ。

美緒は、貉庵で働き始めたばかりの頃、ここで桜の花びらが舞い散る幻想的な美しさに心を奪われ、時間が経つのも忘れて見惚れてしまい、帰りが遅れて貉庵のおやじさんに怒られてしまった。だがおやじさんは、理由を聞くと「なら仕方がない」と水に流す気風《きっぷ》の持ち主だった。美緒がさっそく尊敬の念を店主に抱いたのは、蕎麦の腕前だけではなかったのだ。

おやじさんにしても、田舎育ちの素朴さと素直さで、二十三歳にしては少し幼く見える美緒のあどけない笑顔を気に入っており、実の娘のように愛おしくなっていたのだった。

美緒は四国は徳島県の生まれだ。実家は田園風景が拡がる田舎の方ではなく、地方都市の郊外にあり、美緒は高校を卒業するまでここで育った。父は商社勤めのサラリーマンで、専業主婦の母と父方の祖母が家を守る、ごく普通の家庭だ。であるにもかかわらず、綾小路《あやのこうじ》などという御大層な苗字であることに、美緒は内心恥ずかしさを感じながら育ってきた。

『へぇ〜、珍しい苗字だね。公家《くげ》かなんかの末裔なの？』

などとは、小さい頃から耳にタコができるほど繰り返し言われてきた。しかし、具体的に苗字の由来を父から聞いたことなど一度もない。とはいえ別に苗字が原因でイジメにあったりした、というわけでもない。ないのだが、弄《いじ》られる可能性があるというだけで結構なストレスではあったのだ。

特に四国では珍しい苗字らしく、学校でも町内でも一度たりとも同姓の人を見たことはない。だからどうにも悪目立ちする。なので料理の専門学校に通うために上京したときには、だいぶ気持ちが軽くなった。東京のような大都会では他人の苗字にいちいち反応する者は少なかったからだ。

専門学校ではひと通りの料理の基礎を学んだ。美緒は幼少の頃から料理が好きで、母や祖母に習い家庭料理を数多く覚えた。小学校の高学年くらいになると、独自の工夫を凝らす楽しさも覚え、子供らしからぬ創作料理の腕とセンスは、ときに周囲を驚かせたりもした。いつも学年平均より少しだけ身長が低かったが、手先が器用で、りんごの皮むきで細く長く一本続きに剝《む》き切る遊びが、小学校一年の頃から大好きだった。

そんな美緒を父親は溺愛し、美緒もまた父に料理を褒められるのが嬉しかった。それだけに東京の学校への進学を認めてもらうのは困難を極めたが、プロを目指す娘の熱意、我流に浸ることなく、キチンと基礎から料理を学びたいという正論に対しては、正しく大人へと育ったことを素直に喜ぶべきであり、子離れができていない自分の間違いを認めるしかなかったのだった。

そう、美緒は正論をよく言う。年長者やお年寄りから好かれる、愛くるしい容姿と声質、愛想のよい話し方でありながら、実は結構な頑固者であり、職人的性格の持ち主なのだ。

美緒は専門学校を卒業するずっと前から、浅草《あさくさ》や日本橋《にほんばし》などの飲食店に通っては、少ないこづかいを使って食事をしていた。料理の勉強だけでなく、卒業後にすぐ見習いとして就職できる場所を探していたのだ。そのひとつが自称老舗の日本蕎麦屋貉庵だった。

浅草に初めて来たときから美緒は、天ぷらや寿司、すき焼きなどの高級なものだけでなく、蕎麦やラーメン、もんじゃなどのカジュアルなお店にも足繁く通った。貉庵に就職してからは、ときどきおやじさんが、すし屋横丁などに連れていってくれたりもした。

「元来寿司ってのはもっと手軽で気楽に食うもんだったが、そういう店は大手の回転寿司チェーンとかに顧客を奪われちまって、ちょっと高めの店だけしか生き残れなかったな。天丼や牛丼とか、他の日本食もおおむね同じだ」

そんな話をおやじさんがしていたことがある。ただ貉庵のような蕎麦屋については、末だ大手チェーンに駆逐され尽くされてはおらず、東京下町にもまだまだ個人経営の店が多数健在なのだそうだ。

美緒が将来、料理人として自分の店を構える目標を持って、修業に励んでいると知った店主は、美緒を高級な料亭に連れていってくれたこともあった。しかし、美緒はもともと家庭料理が好きだったこともあり、あまり高価格な懐石料理のようなものは、アイデアや技術を学ぶ機会としては有り難かったが、将来の夢として描く自分のお店のお品書きに、そのまま加えられるとは思わなかった。むしろおやじさんの蕎麦こそカジュアルでありながら、しかも奥の深い伝統の味であり勉強になるのではないか？　初めて貉庵で『もりそば』を食べたときの印象は、彼女にとってとても興味深いものだったのだ。

うどんや素麺《そうめん》が主流の四国で育った美緒に、貉庵の蕎麦はそれまであまり体験したことのない驚きを感じさせたのだった。だから美緒は料理学校の卒業を間近に控えたある日、修業のために働かせて欲しいと、おやじさんに頼んだ。互いに職人気質《かたぎ》な面があるところなど意気投合したこともあり、トントン拍子に就職が決まったのだった。

ＧＷ明けには時折、夏のような暑さに見舞われる浅草界隈は、その暑さが熱気に拍車をかけるかのように、三社祭《さんじゃまつり》を始めとする、夏に向けてのイベント準備で気忙《きぜわ》しい。もっともそれが仮に祭りの前でなかったとしても、浅草は四季を通じていつも国内外からの多くの観光客で賑わい、ごった返している。

美緒は五月の爽やかな風に誘われるように川端の堤防に上って隅田川を見下ろした。すっかり日が長くなったので、夕方の六時を回ってもなお、隅田川の川面や周囲の風景はまだ明るく、見晴らしの良い川縁《かわべり》に立つと遠くまではっきりと見渡せる。

都鳥と呼ばれ、歌にも詠まれたゆりかもめが、広々とした川面を、低くゆっくりと気持ちよさそうに滑空している。

すると突然、目の前を屋形船が波しぶきをあげ、思いのほか高速度で、下流に向かって滑っていくのが見えた。美緒にとって屋形船は、水面にぷかぷかと浮いているだけというう印象で、速いスピードで進んでいるというイメージを持っていなかった。だから初めて見たときには、その速さにちょっとびっくりしたのだった。

実際にはお客を乗せて、二～三時間ほどの間に食事、宴会をしながら、隅田川河口付近のお台場《だいば》や浜離宮《はまりきゅう》、東京湾内をクルージングして浅草まで戻ってこられるくらいに速い。目の前を行く船にはすでに明かりの灯った赤い提灯が連なっている。この風景も浅草の欠かせない風情のひとつだ。しかも夏なら夏祭りを、冬なら年末の忘年会や、歳神を迎える大晦日に向けた年の暮れなど季節を感じさせる万能懐古アイテムである。

「あっ、金色のスペーシアが出ていく……。いつか鬼怒川《きぬがわ》温泉とか行ってみたいな……」

浅草駅から急カーブをゆっくりと曲がりながら、日没後にはＬＥＤでライトアップされる鉄橋を舞台俳優のように、ゆっくり優雅に渡る東武特急。東京に田舎の気配を運んでくる長距離電車に、地方育ちの子は弱い。つい郷愁を揺さぶられてしまう。

美緒が修業中の蕎麦屋貉庵は、隅田川を挟んで東武浅草駅の対岸、吾妻《あづま》橋の袂《たもと》から近い、古い江戸長屋風の住居を改築した小さな店だ。橋の東詰めから一区画離れただけで周囲に商店などは少なく、個人宅や雑居ビルが立ち並ぶ地味な界隈にあるが、太平洋戦争で消失するまでは東武線の旧浅草駅（現在のとうきょうスカイツリー駅）と旧浅草雷門駅（現在の浅草駅）の中間にあった隅田公園駅がすぐそばだったらしい。

浅草を中心とする下町エリアには歴史と伝統を看板にしている料亭、食堂が星の数ほどあるが、それが華やかな表通りにあるとは限らない。駅も繁華街の位置も、長い歴史の中で移動してしまうからだ。この貉庵もその例にもれず、かつては駅前だったのが、今では裏通りの街並みに埋もれるように佇んでいる。

しかしわかりにくい場所にもかかわらず、ホームページもないのにどうやって知るのか、地元の常連を上回るくらい観光客がやってくる。とはいえ、まったく暇もないほど忙しいのかといえばそうでもない。

美緒は貉庵のおやじさんから、この店はどれほど由緒正しいかというと、雷門前から歩いてすぐ南のところにある有名な、『某藪蕎麦』よりも長い歴史と伝統を持っている、と教えられていた。

某藪蕎麦といえば、関東のつけ蕎麦の、味の基準と言われるほどの老舗名店であり、蕎麦屋を目指すなら、まずはそれを基準にして、自分の店の味を作っていくと言われているほどだ。美緒もまた、上京してすぐに足を運んで、その蕎麦の風味や食感、汁《つゆ》の味を勉強した。

しかし美緒は、実は蕎麦の味わいに関しては、貉庵の方が一枚上なのではないかと思っていた。あるときそれをさり気なく口にしたことがあったのだが、予想に反しておやじさんは安易に同意せず、むしろ反論すらしてきたのだった。もちろん目じりに、ちょっとだけ嬉しさやテレた感じが滲んではいたが、美緒がお世辞を言ったのだろうと疑ったわけでもないようだ。

「よせやい美緒。おめぇにゃまだ、わからんだろうが、あちらさんには守らなきゃならねぇ伝統の味ってモンがある。たとえ良い味の出せる新しい蕎麦粉を見つけたとしても、流行りの味の方に、ヒョコヒョコと軽々しくよろめくわけにゃあいかねぇんだろう」

それなら、それ以上に長い歴史があることになっているウチはどうなんだ？

と喉元まで出かかったがヤメた。まだ、数か月しか働いていない美緒が言うのも不行儀な話だからだ。

それに繁盛していると言っても、貉庵の一日の客数は、美緒が見ていてもそうやたらと多いわけではない。ハッキリ言って某藪蕎麦の足元にも及ばないだろう。しかしその一方で店の規模からすると、自分や学生バイトを雇ってもなお余裕の感じられない忙しさのときもある。優雅さにはまったく欠けた店構えだが、本格的な手打ち蕎麦の割には、比較的安い価格設定を守っているだけに、かき込むように蕎麦を啜《すす》って、すぐに出ていく江戸っ子気質のせっかちな客も多い。要するに蕎麦にはこだわるものの、格式よりはカジュアルさを重視しているのだ。

だからなのか、店主の目指す蕎麦は、香りが強く、強い歯ごたえと、喉を引っ掻くような野性味溢れるわかり易い美味しさだ。季節ごと、蕎麦粉のコンディションに応じて、仕入れ先も打ち方も適宜変えている。それは、店主のこだわりに間違いないのだが、彼方《あちら》のような有名な老舗ともなると、つまりはそういう工夫を施す自由すらも、あまりないということなのだろうか？

となると創作和食に興味のある美緒にとっては、某藪蕎麦よりも、余計な足枷やしがらみのない、この貉庵こそが勉強の場に相応しいのではないか、と未熟なりに熟慮した結果の就職だった。

しかし一方で、蕎麦汁《つゆ》の味はというと、某から盗んだようにソックリそのままの濃く辛い味で、それはちょっとコンセプト的に安易なのではないかと、美緒は感じていた。

美味しいのだから似ていること自体は悪くはないのだが、ちょっと面白味に欠けるというか、偉そうな言い方になるが、オリジナリティが全然感じられないのだ。

しかし、ここも老舗だ。江戸時代から続く、歴史と伝統ある名店なのだとおやじさんから教えられていたので、見習い風情の立場からすると、軽はずみに疑問を呈するのは大変失礼だ。美緒はまずは素直におやじさんのセンスを信じることにしていた。

そんなことを考えながら美緒は、ぼ～っと隅田川の水面を眺めている。と、後ろの方から、男性の声が聞こえてきた。

「ねぇ君さぁ、どっかこの辺に、蕎麦とかの美味い店なんて知らない？」

なんだか軽そうな若者の印象だ。

「……」

そんな陳腐な誘い文句で、いったいどんな娘《こ》をナンパしているのやら。

……ん？　美緒は、もしかして、この声の主は自分に向かって話しかけているのではないか、とも思ったが、とりあえず無視を決め込んだ。

「ねぇ、知らないかな？」

美緒は、我慢しきれず、チラっとだけ声のする後方を振り返って見た。

迂闊《うかつ》。……目が合ってしまった。アヤシイ濁りを感じさせる不思議な目だ。割とイケメンなのに残念。

「わたし……、に聞いてます？」

そこには二十五、六歳くらいだろうか、目つきはともかく、外見だけなら端麗で長身な美青年が立っていた。

髪の毛は少し癖っ毛で、襟足は男としてはちょっと長めだが、肩にはかからない程度だ。以前に脱色でもしたのだろうか、毛先の方が少し白い。というか顔色や肌全体も色白で生気が薄い。死人を想起させるというほどではないものの、見ようによっては、ちょっと不気味だ。が、同時に不思議な美しさも感じる肌だ。

（もしかして、お化け？　いや、まだ明るい。時間的に早いって）

美緒は心の中で自分に冗談を言ってみた。本当は少し怖いのを誤魔化しているのだ。

服装はとても軽装で、ヨレっとしたカジュアルなシャツと少し色褪せた黒いスラックス。手には小ぶりで古風な巾着袋をひとつ提げているだけだ。

「そう、君に聞いているんだけど？」

彼はにっこりと笑って、美緒の方を流し目で見おろし、髪を軽くかき上げる仕草をした。

その容姿、様子からはとても真っ当な勤め人には見えない。だとすると観光旅行者だろうか？　その割には巾着袋ひとつで、ほぼ手ぶらというのは合点がいかないが、いずれにせよ怪しさ満載で、警戒せずにはいられない。

目の錯覚なのか、彼の周囲の風景がいつもよりも幾分小さく見える。いや、彼の身長が高いからそう見えているだけだ。美緒はちょっと目を擦った。

全体にスレンダーなため圧迫感こそないが、優に百八十センチ以上はあるかなと美緒は思った。前回の健康診断で自分の身長は百四十八センチだったから、仮に横に並ぶと大人と子供ほどに開きがあるのではないか。

（あれ？　どうして『横に並ぶと』、なんて考えてしまったのだろう？）

美緒はそんなことを思い浮かべている自分が不思議だった。特段に、強く魅《ひ》かれるタイプの容姿というわけでもないのに。

それに、普段なら外出先で知らない男性から突然声をかけられたりしたら、警戒心が先に立って相手のことを見ようともしないのに、つい振り返ってしまっただけでなく、なぜか返事までしてしまった。

「あれれ、もしかして、なんか驚かせちゃったかな？　突然声かけてしまってゴメンね」

美緒は、少し大きく息を吸って、気持ちを落ち着かせた。

「ええ……、ちょっとは……」

そしてもう一度息を少し吸い込んで、言葉を続けた。

「……でも、……その、なんで私に？」

「ん〜？　だって君ってさ、料理とか詳しそうじゃない？　だからこの辺りの美味い店とか、知ってるかな〜っと思ってさ。違ってたらゴメンだけど」

そう言って、若者は気さくに軽く頭を下げて見せた。

「あのう……、私が料理、詳しそうに見えたって……。ただ、川を眺めていただけなのに？」

彼は、うーん、という感じで髪を再びかき上げると、美緒の素朴な疑問に答えた。

「君ってさ、手ぶらだし観光客には見えないし、かといってご近所の若い主婦の夕飯の買い物って感じでもなさそうだしね。だからさ、この近辺のどこかの小料理店とかでさ、忙しくなる前に休憩時間を取ってるバイトさんなのかなぁ、なんて思ってね」

なるほど、咄嗟に作った言い訳なのだろう、スジの悪い推理の割に結論だけは偶然にも
「惜しかったで賞」だが、要するに新手のナンパに間違いない。せっかく夕暮れの公園から、綺麗な川の流れを見ていたのに。貴重な自由時間を邪魔されてしまったな、と少し不

愉快になっていた。

「ずいぶんと狭いところを狙った推理ですが、もう少し普通に考えれば、女の子が夕方ひとりで公園で川面を眺めているのって、なにか訳アリかもとかって思いませんかね？」

美緒は遠回しに、デリカシーなく気軽に声をかけてくれるなという意味を込めて言ったのだが、しかし彼は意に介さないようだ。

「えっなになに？　失恋の痛手を癒すためにひとりで公園をお散歩とか？　まさかね。君はそんな深刻な顔なんてしていなかったよ」

深刻じゃなくて悪かったですね、と美緒はさらに憤ったが、我慢して一言だけ返した。

「すみませんね」

「いや、大丈夫」

なにが大丈夫なんだ。応答が不適切かつ言葉足らずだ。

ナンパするにしても、もう少しは会話の端々に、女性の心をくすぐるこジャレた褒め言葉でも混ぜ込まないとダメでしょ普通。と美緒はまったく他人事《ひと》のように思っていた。

もしや、この男にナンパどころか、テキトーかつ暇つぶし程度にあしらわれているだけなんじゃないかしら、とさえ思えてきた。

「あははは。でさでさっ、どうなのかな？　やっぱりそうなんでしょ？　僕の推理どおりに」

なにが面白くて笑っているのか、皆目わからなかったが、とりあえず適当な店でも教えて早々に立ち去ってもらうしかない。

「え～と、ですね……。この近辺の美味しいお店ですよね？　料理の種類は蕎麦だけですか？　それとも麺類全般？　和食しばり？　洋食？　中華でもＯＫ？　食後のデザートとかは？」

美緒は、とにかく早く穏便にこの男性との会話を切り上げなければ、夕方の貴重な休憩時間がなくなってしまう、と思った。それにこの近辺のグルメ情報なら、スマホでも探せるのにと思ったりもした。でも、それを言ってしまったら、さすがに失礼かなと思い直して、喉まで出かかった言葉を止めた。

それよりも、この辺の代表的なお店でも教えてしまおう。そうすれば簡単にこの人は、どっかに行ってくれるはずだと思ったのだ。ところが男の次の発言は予想外だった。

「あ～、イイやもう。もういいよウン、自分で探すから」

「えっ、なんで聞いたくせに……」

「あのさ、君の顔見てたらなんかもう、猛烈にお腹が減ってきちゃったから、もう待てない。自分の直感に頼ることにした！」

私なんかでは、美味しいお店なんて知らなそうだ、とか言うならともかく、私の顔見てたら、お腹が減ってきたぁ～？

「もう！　それならわざわざ声かけなきゃいいのに……。私、さっきビックリしちゃったんですから」

「いや、ホントごめん、君がぽ～っとした目で、公園をよたよた歩いてる姿が、ひよこみたいで可愛かったんでついさぁ……、声かけちゃった」

急に誉め言葉？　いや、むしろ貶《けな》してる？　なんなのそれ？

「……って、誰にでも軽くそんなこと言えるんですね。いつもそうなんですか？」

美緒は少しぶっきらぼうな口調になって、彼に一旦《いったん》背を向けて二、三歩距離を置き、おもむろに振り返って、背の高い男を見上げた。

「いや、そんなことないよ、まったく誤解、誤解。ついさぁ～、今日は特別でさ～」

「ふーん……」

美緒は首都高速向島線《むこうじま》の高架の下を二歩三歩と歩きながら、ほんの少し考える素振りをした。

やっぱりナンパ目的なのかな、この人……。

「あっ、それじゃあ僕はこの辺で。お腹減ったんで。んじゃ！」

えっ、ええ～？

美緒は男のマイペースさ加減にびっくりしていた。と同時にちょっとがっくりしたように肩を落としていた。これでは無駄に緊張させられて終わっただけだ。せっかく真面目にあれこれと紹介するお店を考えていたのに、なんだったのだいったい。

「まあ、また会えるよ」

美緒の驚きも落胆もお構いなしに、その若者は川縁の小さな公園から、吾妻橋方面へと足早に消えていった。

その方向にはウチの蕎麦屋しかありませんけど……。しかもオリジナリティが薄いつけ汁だから、あんまりお勧めしませんけど……。

美緒は初めて会った男性に、適当にからかわれたんじゃないかと感じて、なんともいえない気持ちになってしまった。

でも少し自分を客観的に思い返したら、彼に声をかけられたことに、それほど腹を立てていないことにも気が付いた。

隅田川の川面は、さっきよりだいぶ夕日が落ちて、照り返しもなくなって夜の帳《とばり》が下り始めていた。


「ただいま休憩から戻りました〜」

美緒が谿庵の勝手口から厨房を通って店内に入ると、なにやら、ただならぬ雰囲気に包まれていた。どうやら、ひとりの中年男性客が、おやじさんと激しく口論をしているようなのだ。

ああ、面倒なタイミングでお店に戻ってしまった。

とそのとき、前掛けを付けて店内に入ってきた美緒の姿を目聡《めざと》く見つけた、ひとりの美しい女性客が、タイミングを合わせるように席を立って、美緒の方に近づいてきた。

「そこの貴女《あなた》、店員さんでしょ？」

女性は、その場に合わない笑顔で、にっこりと美緒に話しかけてきた。

「あっ、ハイ……」

美緒はその妙に親し気かつ、不思議なオーラに気おされて、小さい声でそう答えた。

「じゃあ、お勘定をお願いね」

その女性は、優雅に美緒の手に小銭を数枚握らせた。

なんとも温かくて柔らかい手だ。

年齢的には三十前くらいだろうか？　美緒よりは少し年上なのだろうが、貫禄があるからか、美緒が幼い顔つきだからか、もっと年の差があるかのように見える。そしてなんといっても強く目を引くのは、彼女が着ているチャイナドレスだ。どうして、こんな服装をしているのか皆目見当もつかないが、美しいボディラインにぴったりとフィットして、スカートの左右のスリットは腰の辺りまで大胆に切れ込んでいる。まるでカンフー映画で見た中国系女優のように現実味がない美しさだ。

彼女は美緒にお金を渡すと、手に持っていた毛皮のコートを優雅に肩に掛けた。

「あの……、素敵なコートですね」

もう昼間はけっこう暑いが、夜はまだまだ肌寒い。とはいえ些《いささ》か不思議に感じた美緒の口から自然に言葉が出た。

「ふふふ、ありがと。でもこれ本物じゃなくてよ。実はフェイクファーなの」

その女性が少し口元に思わせぶりな微笑みを浮かべていることを、美緒は見逃さなかった。

なんだろう？　ここはやはり謝るべきだろうか……。

「なんか、すみません。もしかして落ち着いてお食事できなかったんじゃ……」

「ううん、大丈夫よ。お蕎麦、とっても美味しかったわ」

「ありがとうございました。またどうぞお越しください」

美緒は深く頭を下げた。

「うふふ、そうね。きっと貴女とは、またすぐに会えると思うから……」

「はぁ？」

美緒がぽかんとした顔をしていると、そのチャイナドレスの美女は毛皮のコートを羽織ったまま、優雅に店を出ていってしまった。

（……ああ、また来店してくれるってことか。それにしても……）

美緒は記憶を手繰り、彼女のことを思い出そうとしたが、やはり以前に会ったことはないと思った。それでも彼女の美緒に対しての、妙に親し気な態度が気になってしまった。

一瞬、呆けていた美緒は、店内の男性客とおやじさんの大声ですぐに我に返った。

「だからさ、蕎麦のつけ汁を、もう少し追加してくれと言ってるだけでしょう」

そう言って、おやじさんに食ってかかっている四十歳前後の男性客の顔に、美緒はなんとなく見覚えがあった。全力で自分の脳内の記憶に検索をかける。……そうだ。確かこの人は、食べ歩きグルメ系ブログでバズったことが数回ある、自称食通のブロガーだ。辛口のコメントが有名だったはず……。

（ああ、こういう人を怒らせると、面倒なことになっちゃうよう）

美緒の心配をよそに、店主は男の要望を頑として受け付けない腹積もりのようだ。すでに両腕をガッチリと胸の前で組んで、口をへの字に結び戦闘態勢に入っている様子だ。

この店の八代目を名乗る店主は、ブロガー客より一回りは年上の五十代中盤、自他ともに認める、日本蕎麦一筋の頑固おやじである。

身長は百六十五センチほどの中肉中背だが、年齢相応にメタボ腹が目立つ。顔が実年齢よりさらに老けて見えるのは、日ごろ暇な時間にはＴＶでスポーツ中継を見たり、定休日に外出しても主に近所のパチンコ屋に行くだけで、粋な遊びや趣味に凝るでもなく、仕事中も休み中も、終始苦虫を嚙みつぶしたような顔をしているせいだろう。

料理はキチンとしているが、日常生活ではまったく細やかな配慮など感じさせない。にもかかわらず、なぜか頭だけはいつ見ても綺麗にそり上げ、スキンヘッドにしている。

（ああ、マズい、マズいよこの展開……。おやじさんはさらにまくしたててるし、どうしたら……）

「お客さん、蕎麦屋にとって汁《つゆ》ってぇのは命なんだ。蕎麦の量も、汁の量も計算して出している。アンタは食通らしいが、汁が足りなくなるってのは、つけ方の塩梅がちょぃと野暮なんじゃねぇのかい？」

美緒は思い出した。おやじさんが常日頃言っていたことがある、落語で有名なあの話だ。

粋な食べ方は、蕎麦をチョット汁につけるだけで、一気に啜るというアレだ。どぶどぶと汁に蕎麦を浸して食べるなんて無粋もいいところだと言いたいのだろう。

「麺をどのくらい汁《しる》につけるかなんて、客の自由だろうが！　足りないものは足りないんだ！」

「へっ！　そんな食い方じゃあ、俺の蕎麦の味なんざわかりゃしねぇよ」

「とにかく、麺だけ残っちゃったし、これじゃそば湯も飲めやしない」

「お客さん、麺じゃねぇ、蕎麦だよ。あとな、そば湯ってぇのは、蕎麦の余韻を楽しむもんだ。残った汁《つゆ》に入れるのも良いが、そのまま飲んだって悪くはない」

「はあっ!?　そのまま飲むなんて味がしないじゃないか！」

「やれやれだ。まあいいよ。そんなに言うなら、一杯百円で出してやらぁ」

ブロガーは、納得するどころかバンッとテーブルを叩いてさらに声を荒らげる。

「金をとるだって!?　つけダレのおかわりが有料だなんて、店内のどこのお品書きにも書いてませんがね。詐欺まがいの後付け設定ですか？」

相当に頭に血が上ってきているのだろうか、店主の傲慢かつ不愛想な態度に、さらに腹を立て始めているようだ。

「へっ！　普通は出さねぇんだからよ。そんなの当たり前田のクラッカーよ。特別に出す場合にゃ、ウチの店では汁《つゆ》のおかわりは一杯百円と昔っから決まってるんでね！」

「昔から決まっているって言うなら、なんでお品書きに値段を書かないんですか？」

「そりゃアレだ、無粋だからよ。格好悪くて、んなこと書けるかってぇんだ。……まあ、それに汁のおかわりを頼む客なんざ、ほとんどいやしねぇからな、粋な客が多いウチの店ではよ」

「ご主人、ココの蕎麦は一枚がこれっぽっちしかない……」

「ウチは二八の手打ち蕎麦だ。一枚の量ってのは昔っからこんなモンだ。蕎麦の量がはなっから足りないなら、『おおもり』か『もりそば』を二枚三枚食えば良いだろう。手間暇かけてやってんだ。気に入らないなら、どっか余所の店ぇ行ってくれい」

「あっ！」

美緒は店側のミスに気づいた。普通の『もりそば』は長方形のせいろに盛って出すが、『おおもり』は正方形の少し大きめのせいろで出すのだ。このお客さんの目の前にあるのは、正方形の方だ。

「いや、だからそうじゃなくって、私は最初から『おおもり』って頼んだんだ。そしたら普通の盛りとそう変わらない量のタレが出された。見ていたからわかるんだけど、そこの若い男の店員さんが、計量尺で普通盛り分しかタレを入れてないじゃないですか。間違ってるんですよ彼！」

そう言って指を差されたのは厨房に隠れるようにいる佐々木《ささき》だ。美緒よりも少しあとに入った学生バイトで、週に一～二回しか店に来ない。基本、皿洗いと掃除しか任されない完全な駆け出しだ。

おどおどして、その場に居ても立ってもいられない様子で、両手をしきりに左右交互に擦っている。

「へっ！　それがどうしたい。ウチの佐々木が間違げぇたってぇ証拠でもあるのかい。言いがかりはよしてもらおうか」

これはマズい。おやじさんは佐々木を庇《かば》うつもりなのか、引っ込みがつかなくなっているに違いない。さっきよりも、またさらに少し声のトーンが高くなってきている。美緒はこれは本当にいけないと、介入のタイミングを計る。

「だから、食べてたらタレが切れて当然でしょうというお話ですよ。タレのおかわりを頼んだって当然じゃないですか」

「だから、百円でお出しするって言ってんだろうが」

美緒は意を決し、勇気を出して素早くふたりの間に割って入って言った。

「まあまあ、あのう、お客さん」

「なんでぃ美緒、女のおめぇはアブねぇから引っ込んでろい。怪我して体に傷でも付けられちゃまずいだろうが」

「おやじさん、気持ちはわかりますが、それ微妙にセクハラです」

美緒はぐっと店主に顔を近づけて、その目をじっと見つめた。この場は自分に任せて欲しかったからだ。

「うぐぅ」

店主はいつにない美緒の迫力にたじろぎ、一歩その場から退いた。

「お客さん、ホントすみません。今回の件は完全にウチのミスです。どうぞ汁《つゆ》を追加させてください。おやじさんもこういった気質《たち》なんで、引くに引けないんです。不愛想なのはどうか勘弁してください」

「……まぁ、別にいいんだけどさ。最初っからそう言ってるんだから、早くわかってよってことですよ」

「はい、本当に申し訳ありません。これからこういった行き違いが起きませんように、すぐお品書きの隅に、つけ汁《つゆ》の追加料金について明記させていただきます。それと『おおもり』を頼んでいただきましたお客様には、最初から、蕎麦と同様の比率の分量の汁を忘れずに増やすよう、おちょこのデザインを普通の『もりそば』用より少し大きめなものに変更します」

「ああ、それはいいアイデアだね、お姐さん。それはわかりやすい」

どうやら、ブロガーの男は、自分が老舗蕎麦屋のメニューや食器に影響を与えたことで、名誉欲が満たされたのか、まんざらでもなさそうだ。

「それでは、どうぞ気を取り直して、ごゆっくりとお蕎麦を楽しんでください」

美緒は深いお辞儀のあとで再び顔をあげ、お客様に向かって満面の笑みを向けた。

「うっ、わかった、万事了解する」

その笑顔の可愛いらしさに、お客は内心ドキッとしたが、もちろん態度には出さなかった。

「あ、そうそうこれは、お詫びのお漬物です。少しですがどうぞ」

美緒は厨房に駆け込み、昨日から漬けていた浅漬けを手早く小皿に盛って、男のテーブルに出した。美緒特製の白だしを使った自信の漬物だ。

「これ、私の故郷、徳島の清流で育てた無農薬野菜なんですよ。私のお手製ですので、お口に合うといいんですけど」

こういう気遣いもまた、なんとも家庭的で癒される、とお客は思ったものの、今度もミスすることなく態度には出さなかった。

「いや、ありがとう。お姐さんのおかげですっかり気分が直ったよ。蕎麦も絶品だったし、まあ私も少し言い過ぎたようだ。おやじさんもすまなかったな」

ブロガー男に、一転してへりくだった態度をとられた日には、さすがの店主も、もはや振り上げた拳を下ろすより他はない。そもそも無駄に長く客商売をしているわけではないのだ。ここが謝るチャンスだとばかりに、すぐさま謝罪の言葉を返した。

「いや、こっちこそ、不愉快な思いをさせてすまなかった」

気を良くした男性客が店を出ていったあと、美緒は自慢げにおやじさんに言った。

「ねっ？　私に任せて正解だったでしょ～」

「ふんっ、ナマ言うねぃ。たまたま女によええ客だっただけでぇ」

「ふふっ、おやじさん、それもセクハラですよ」

厨房の方を見ると、佐々木が緊張がほぐれたほっとした表情に戻って皿を洗い始めている。

「おい、美緒、あんまりアブねぇ場面には出しゃばんなよ。ときどきおめぇは無茶しやがるからよ」

言い方や態度はいつもどおりぶっきらぼうだが、口元が嬉しそうに笑っているのを美緒は見逃さなかった。

「だがまあ、今回限りは助かったよ。ありがとうな」

「えへへっ」

美緒が、頭を掻いて笑顔を見せると、おやじさんもほんの少し笑みをこぼした。

美緒自身も、予想以上に上手く事が収まったことに安堵を感じていた。とはいえ、ここまで出しゃばったことはなかった。

咄嗟とはいえ勝手な提案をして、もしや自分は、店の伝統に傷を付けたりはしなかっただろうか。店主を差し置いて、結構ギリギリなことをしでかしてしまったのではないだろうか。

いや、あまりネガティブに考えるのはやめよう。とにかくなんとか事は上手く収まったのだから良かったと思うべきだ。美緒はそうポジティブに考えることにした。

それから、いつもどおり平穏に夜の営業をこなし、客あしが途絶えてほっと一息ついていたときだ。最後の客が、確かに店の出入り口の引き戸をキチンと閉めて出ていったはずなのに、なぜかほんの少しだけ戸が開いていることに美緒は気が付いた。すきま風などが吹き込んできたからではない。引き戸の隙間の、さらに暖簾の隙間から、店内を覗き込んでいる、強い視線を感じたのだ。ふっと戸の隙間の方を見ると、男が覗いているようだった。

美緒の目を避けるように、その男は店の前から去っていった。

「ただの冷やかしかしら？　……」

美緒は警戒しつつ、引き戸をぴしゃりと閉めに行った。

美緒のいる場所からは、目以外には男の顔などまではよく見えなかったが、なんとなく無根拠に、それがさっき公園で会ったあの若者の、怪しげな目に雰囲気が似ているような気がした。しかしあれから三〜四時間は経っている。まさかあれほどお腹が空いたと言っていた男が、この時間になって蕎麦屋には来ないだろう。テーブルの上を布巾で拭きながら美緒は考えていた。

時計を見ると時刻は夜の十時を回った頃だ。もう客も来ないようだし、そろそろ看板をしまっても良さそうなタイミングだ。

「おーい、美緒。俺は先にあがらせてもらうから、あとは頼むぞ」

「えー、今日は片付け、私ひとりですかぁ」

「だって仕方ないだろう。佐々木の野郎は、明日から大学のテストだって言うから、早めに帰さないわけにいかんかったし」

「う〜ん、まあそうですね。それじゃ、あとは私がやっておきますから、おやじさんは先にお帰りください」

　他に手がない以上、そう言わざるを得ない。

「おう、悪《わり》ぃな美緒。実は今日はちょっと見たいTVがあってな」

「えっ、もうプロ野球は試合終わっちゃいましたよ。それとも時代劇スペシャルとかありましたっけ？」

「いや、アレよ。マリコDXよ。あいつ頭キレっから、話聞いてて面しれぇのよ」

「はぁ、そうですね。私も見たいですけど……」

　と、美緒は小声で愚痴ってみた。

　それにしても、男らしさ女らしさの固定観念が、鋼のように脳みそにこびり付いている、絵に描いたような昭和オヤジが、女装タレントのマリコDXを面白がるなんて。ジェンダーを超えた、新しい風を石頭の中まで吹かせているのかもしれない。これはよく考えると凄いことだと美緒は思った。

　職人の世界においては、未だに男尊女卑が根強く残る。それは料理人の世界でも同じだ。女にプロの料理人なんぞ務まらない。そういう偏見の目で見られたことは、まだ半人前に過ぎない美緒でさえも、これまでに何度も経験していた。実の父親にですら似たようなことを言われたことがある。もちろんプロの料理人になるのは甘い道ではないという意味で言ったのだろう。

「性別の概念に収まらないって人って、凄いですよね。尊敬しちゃうなぁ」

「うん？　まあ、よくわからんが、凄いおばちゃんだよな、確かに」

ああああああ。

おやじさん、マリコDXをおば様だと思っている。ここはひとつ、黙っておこう、説明が面倒だから。

「それじゃ、あとの掃除とかは、私ひとりでやっときますから気を付けて」

少し大きな声で美緒は元気に挨拶する。多少の嫌味を込めているつもりなのだが、まったく通じていない。

「おう、そうか。悪いな美緒」

「はい、お疲れ様でした！」

「はいよ、お疲れ……」

そう言って豁庵の店主は、表玄関の引き戸から外へ出ると、急ぎ足ですぐ近くの自宅へと帰っていった。

「あっといけない、暖簾を仕舞い忘れてた！」

美緒はパタパタと厨房から店内に出て、店の出入り口の引き戸を開けようとした、その瞬間。

「腹減ったぁ、まだ大丈夫？」

美緒が開けた戸口の隙間に、屈みながら頭を突っ込んできた男と、至近距離で鉢合わせしてしまった。

「きゃあっ！」

小さく悲鳴をあげて、美緒はその場からぴょこっと飛び退《の》いた。

「ああっと、ごーめん。驚かせちゃったかなって、あれえっ？　君はさっきのぴよっ子……」

「……あなたは、さっき声かけてきた怪しい男!?　っていうか、ぴよっ子ってどういう意味ですか？　失礼な」

「怪しい男って……、君こそ失礼だな。神様であるこの僕に向かって。まあいいや、予言どおりまた会えたし。それにしても俺ってスゲェ、やっぱ神通力かなコレも」

（変な奴！　自分で自分を褒め称えてるよ。傲慢にも程がある。って、これもしかして、ストーカー？　警察を呼ぶ？）

「ホラなっ？　言ったとおりまた会えたろ？　アハハ」

男の方は美緒と再会するのを当然と思っていたようで、特に驚く様子も見えない。それどころか無礼にも彼女の顔を指差して、笑っている。

「すぐ、おまわりさんに、通報します！　あなたにビックリさせられたの、今日これで二度目ですからね！」

「いや、それはホントにごめんごめん。それでさ、まだ、なんか作れる？」

「作れません」

「そんなぁ、冷たい～。なんでもいいからさぁ」

「あ・の・で・す・ね、もうとっくに火落としてますから！」

「僕と君の仲じゃない？　なんか作ってよ～」

「私とあなたは、完全に他人です！　知り合いですらありません」

「しくしく……。こんなにお腹を空かせたまま、外に放り出したら、可哀想な僕は死んでしまうに違いない。そしたら化けて出るよきっと。食べ物の怨みは恐ろしいって言うしね～」

少し常軌を逸したテンションではあるものの、なんだか下手な冗談の中にも必死さが垣間見えて、段々と哀れに思えてきたような……。

「……ん～、化けて出られても困るし仕方がない……。けれど、今からだと簡単なものしか出せませんから……」

「お！　やっぱ作ってくれるんだ！　やっさしぃ～。うんそう、それでいいからさ」

（しまった、うっかり作るって言ってしまった。うーん、なんかムカつく～。オマケになにを作るとも、まだ言っていないのに、「それでいいから」とか言って調子のいい奴～）

長身の青年は、いやぁ～、助かった、と言いながら店の引き戸をガラっと勢いよく開き、入り口をくぐるように店内に入ってきた。白っぽい髪の毛先が癖っ毛のようにぴょんぴょんと跳ねて気になるのか、軽く手ぐしを入れながら、きょろきょろと興味本位に店内を見回している。

（あなたの方がよっぽど子供っぽいじゃない！　ひとのことをひよこ扱いしたくせに）

なんだか、彼のその安心しきったような態度に、美緒は再び腹が立ってきた。

「ああっと、やっぱり駄目ですねぇ、お客さん。なにもできそうにないです。それと、ウチは午後十時で看板なんですよ。他のまだ開いてるお店に行ってください。橋の向こうの浅草駅側ならきっと間に合いますから」

美緒はさっさと、暖簾を店内の壁の定位置の置き場にかけ、確認のためもう一度時計に視線を走らせた。

「そんなぁ〜。つれないこと言わないでよ。僕と君の仲じゃないか。もう、モーレツに腹減っちゃって倒れちゃいそうなんだよ〜」

「それ、さっきもう聞きました。それに夕方もお腹空いたって言い残してどこかへ行っちゃったじゃないですか。あのあと、なにか食べてきたんでしょ？」

「うん、まあね」

「それならもう、いいじゃないですか」

「いや、もうお腹が空いたもんで。それに君の顔を見たら、さらに空いてきた」

「はぁ!?　わけがわからない。ああ、もう看板と言ったら看板なんです。知りませんよ、まったく」

美緒は両手を腰に当てて、少しほっぺたを膨らませた。

「んん～、僕の見立てに間違いなけりゃあ、君の手料理はなかなかイケてるはずなんだけどなぁ～」

「私が作ったモノなんて、ひとつも食べたこともないのに、なにを言ってるんですか。意味わかんないですよ」

「うん、だからさ、食べさせてみてよ」

「だからさじゃなくて、もう閉店なんですってば」

美緒はさらにもう一度突っぱねてみせた。

でも心のどこかで美緒は、彼は何度言っても、諦めないとわかっていたように思う。

「君の顔をこうして見てたら、なんだか余計お腹が減ってきちゃったよ～う」

男は体を小刻みに揺すって、腹減った、腹減った、と両足をばたばた踏み鳴らした。その仕草は駄々をこねている大きな子供にしか見えない。男の言っていることもやっていることも怪しいことに変わりはないが、ここまで言う以上、お腹をすかせていることは本当なのだろうし、放っておくわけにもいかない。

「なんなんですか、もう～。ああ、仕方がない、わかりました。そこに座っててください。その代わりなにを出しても文句を言わないでくださいね」

「はいはーい、わかりました」

男は無駄に明るい声で答えた。不健康そうな顔色なのに、不思議に魅力を感じる笑顔を向けられて、美緒はようやくやる気が湧いてきた。

「賄いで良いですよね？」

「はい、賄いでもおにぎりでも、お稲荷さんでもＯＫです」

「お稲荷さんか……。でも厨房に油揚げは今、残念ながらないですね」

「油揚げがないなら、ネズミ揚げでもＯＫで～す」

「はぁ～？」

美緒は男の言葉に、なにを言ってるんだと耳を疑った。もう二の句が継げない。

やはり、からかわれているんだろうか？

男は落ち着きなく、癖っ毛に指を絡ませながら、ひとり言のようにぐだぐだとなにかを言っている。

「そもそも、お稲荷さんってのはさ、神前とかお狐様に捧げる供物なんだよね。でもさ、酢飯を詰めた今の、あのお稲荷さんの形になる前は、シンプルに油揚げだけを神前に捧げてたんだよね。そんでさらにその前にはさ、ネズミとか揚げて捧げてもらったりもしたんだよなぁ……。なぁんてこと思い出してね。だからさ、僕はネズミだって全然ＯＫよ」

「なに言ってるんです。ここはお食事処ですよ。そんな不衛生な。そもそもネズミなんて一匹も見たことありませんよ」

美緒は男の冗談とも本気ともつかない話に、強い拒絶の言葉を返す。

「そもそも食用のネズミなんて日本にはいないですよ。聞いたこともない！」

美緒は、もしや男は酔っ払っていて、質《たち》の悪い冗談を言っているのではとも思った。

「僕は今、超腹減ってるからさ、それでも全然構わないんだけどなぁ……」

「私じゃネズミなんて捕まえられませんし、そもそも私が出せるのは人間が食べる賄いですから、お狐様用じゃありませんので。とはいえ私の料理はまだ半人前だから、見てくれもそう良くはありませんけどねっ！」

「は～い、わかりました。人間用でも神様用でも、なんでも喜んでいただきます」

「お客さん、本当にわかってます？」

美緒は、彼が空腹に耐えかねているので、なんでも自分が作ったものを食べるから、というたとえ話なのだろうと理解できるとはいえ、ネズミなんかを引き合いに出したことがほんの少し気にかかった。それにしてもひどい例だと思う。

「んふ～、楽しみだなぁ～。なにが出てくるのかなぁ……」

男は椅子に座って、テーブルに両肘をついて手に顔をのせ、軽く目をつむって鼻歌を唄っていた。

美緒は、ガスに火を入れ、料理の準備をしながら、彼の言い方が少し気になったので手元のスマホで、軽くネズミの話を検索してみた。

すると、神前にお稲荷さん、油揚げを奉納するようになる前、奈良時代以前には、なんと豊穣を祈願してネズミを揚げて、それを神前に奉納していた習慣があったと書かれていた。

そういえば、五穀豊穣を祈願して、スズメを串焼きにして食べる習慣は、今でも京都伏見稲荷大社などに残っている。スズメが田畑を荒らす害獣だと言うのなら、ネズミだって同様だ。食べてしまうのは神事としておかしくはない。

　こんな故事を、さも最近のことのように、軽く口にする男。いったい何者なのか？　まさかどこかの神社の神主さんとかなのか？

「イヤイヤ、いくらなんでもそれはない」

　美緒は神主の袴姿になった男を思い浮かべ、直後に手のひらを顔の前で左右にパタパタさせた。こんなチャラい男が神職になど就いているはずがない。

　美緒は料理に集中するためにも、その考えを強く否定した。

「はい、どうぞ。まずは揚げ蕎麦でも摘まんで待っててください」

　付き出しになるものをテーブルに置こうとして、美緒は不用意に顔を男に近づけてしまった。

「あっ、くっさーい。お客さん、ずいぶんお酒飲んでますね」

　アルコールの臭いが、強烈に鼻を突いた。やっぱり酔っぱらいだった！

「あはははっ、やっとわかりましたかぁ～。今日はぁスンゴイ飲んじゃってさぁ、まいったなぁ。それでどこかで締めって感じで、蕎麦でも食べようかなぁと思ったら、ココの暖簾が目に入ってきてさぁ。梯子の途中にもチラっと覗いてったんだけどねぇ～」

（やっぱりさっき感じた怪しい視線は、この男だったのか。いったい何軒飲み歩いてきたんだ！）

「お客さんって、この近くにお住まいなんですか？」

「お？　逆ナン？　もしかして、僕に興味津々？」

「強く否定します！」

「ふ～ん、なぁんだ残念。まあ僕んち、近いっちゃ、近いんだけどさ。遠いっちゃあ、遠いからさぁ。っていうかぁ……」

なにを言ってるのやらサッパリだ。男の話は一向に要領を得ない。それほどまでに酔っているのかもしれない。これは一一〇番するにせよ、一一九番するにせよ、念のため彼の名前くらいは聞き出しておいた方が良さそうだ。

「あのう、お名前お聞きして良いですか？」

「お？　やっぱ逆ナン？　聞きたい？　聞きたいの？　僕の名前。んじゃさぁ、まずは君の名前を教えてよ～」

う～ん。一瞬どうしようかと躊躇したが、酔っ払いだ。どうせあとで覚えてなどいないだろう。

「私は美緒って言います」

「ふ～ん、なに美緒ちゃん？」

「あ……、綾小路」

わずかに返答が遅れたのは、やはりまだ苗字コンプレックスが残るからだ。だが逆に男の方は、ほんの一瞬だが真顔になった。

「ふ〜ん、やっぱりか。君って由緒正しい家柄なんだね。なんか神事とかにも縁があるみたいだしね」

「いいえ、そんなのなにもないみたいですよ。ご先祖の話とかも、なにも聞いたことありませんから。それであなたは？」

「ああ僕か、僕の今の名前は伊勢弥太郎」

「はい、伊勢さんですね」

「ナンだか気安くないなぁ、名前の方で呼んでよ。そうそう、みんなはヤタって呼んでるよ。有名な三種の神器に八咫鏡《やたのかがみ》ってあるでしょう、あのヤタと太郎稲荷を合わせて弥太郎っていうのさ。カッコイイでしょう？　ま、でも気にせず好きに呼んでくれて良いよ」

　カッコイイかと言われても、三種の神器だなんて名前負けしているとしか思えない。それと、いくらなんでもヤタは勘弁して欲しい。

「はぁ、では弥太郎さんで……」

　美緒は、この人はさっきから、なにかズレた話をしてるけど、酔っ払いだから仕方がないと思い、もう構わないことにした。しかし、もしかしたら本当に、前世などがわかるような、強い霊力を持っている神職の方か、高名な占術師かなにかなんだろうか？　綾小路の苗字について変に反応したり、昔の神事を昨日の思い出のように話したり。

（まあ、絶対にあり得ないよね。わかったフリして女の子をナンパする人？　せいぜいそんなところかしら）

美緒は料理の準備をしながら、話題を戻そうと厨房から弥太郎に話しかける。

「それで、どちらの方から来たんですか？」

「住まいはスカイツリーの向こうの、川沿いをさらに行って十間橋《じゅっけんはし》の向こうの柳島《やなぎしま》の……」

（なんだ地元の人か。近いとか遠いとか、変に思わせぶりなこと言うから、いったいどこから来たのかと思った）

「ここからだと、ちょっと歩きますね。でも、歩けない距離じゃないし、ご自分のうちに帰ってから、締めのご飯を食べても良かったんじゃないですか。可愛い奥さんとか待っているんですよねきっと。可哀想ですよ～、その人が」

いずれにしても、この人はやはり普通の人とは思えない、油断は禁物、と思って美緒は探りを入れてみた。

「いませんよぉ、そんなの。断じていません。僕はここ四百年以上独り身です。そう、ひとりぼっちなんです！　ああ、なんでなのかなぁ、こんなにイイ男なのにぃ……」

「お客さん、昔話の鶴か亀ですか？　その寿命って」

よよよ、と下手な泣き真似をする男に、美緒は容赦なく突っ込んだ。

「ありゃあ～。ちょっと、極端な数字だったかな？」

「極端すぎて、全然笑えませんね」

「ゴメン、ゴメン。そうだよね。キモイよねぇ、そんなに長く独り身なんて……。しくしく」

　なにを下手な泣き真似をしているのやら。全然かわいくない。もう美緒は気にせず手を動かす。

　実家から届いた徳島名産の新鮮な無農薬ゴボウがあったので、鉛筆をナイフで削るように少しずつ薄く削ぐように切り、水に浸しながら流水で洗い、よく水を切って軽く小麦粉をまぶし、油でジュワっと揚げた。

「おおっ、良い音だねぇ、美緒ちゃん」

　馴れ馴れしい。ともあれ油を処分せず、残してあったのは助かった。油は新品ではないが、揚げたてのゴボウはとても香ばしくて柔らかい。

「んん～。いきのいいゴボウはさ、キノコをスライスして揚げたのと、ちょっと似た風味で美味しいよね」

「はい、そう感じる人もいますよね」

　普通の男性にしては、ちょっと珍しいタイプのコメントだ。

　ともあれこれで一品、ぱりぱりゴボウのササガキ揚げのできあがりだ。

　これを素麺に添えて、出汁《だし》の味で食べてもらおう。火力が強いので大きな寸胴にお湯さえ沸けば、麺を自由に泳がせる時間はわずか三～四分だ。茹で上がったら一度冷水で揉み洗いして締めてから、よく温めた器に移し、美緒が実家でよく作った熱々の特製だし汁をかけ、あとは冷蔵庫からタッパーに入れておいたパクチーを出し、長ネギのななめ切りと混ぜてラー油をひとかけ、ゴボウと一緒に載せて特製温麺のできあがりだ。

「はい、どうぞ召し上がれ」

「ん～、ネギだけじゃなくてパクチーも薬味で使ったのか……。うん、香りが食欲を誘うねぇ。それに揚げたゴボウの油っぽさを和らげる効果もあるみたいだね、美緒ちゃん」

あれほど、お腹がすいたと騒いでいたのに、弥太郎は香りを楽しんだり、具や麺を摘まみあげたりしている。でも、すぐに食べないで遊んでいるわけではないようだ。

「あの……、伸びないうちにどうぞ……」

弥太郎は、ゴボウと薬味と素麺を少しずつ一度に箸でつまむと、だし汁をよく絡めてズズっと啜った。

「おおっ！　なんだこの美味さは……。すげぇ……。そうかぁ……、そうか、そうか、うん。いやぁ、ちょっと驚いちゃったよ」

「ふふーん。パクチーみたいに香りが強いと、素麺には合わないと思ったでしょ？」

美緒はちょっと得意気だ。両手を自然に腰に当てている。

弥太郎は、ウンウンと大げさに首を縦に振っている。

「どうです私の料理、って自慢したいところだけど、実は私の故郷、徳島出身の有名なプロの素麺研究家のレシピが元なんですよ。ゴボウ揚げに限らず、天ぷらや肉料理、唐辛子料理みたいな辛いもの、油ものとは相性が良いんですよ」

美緒の説明を聞きながら、弥太郎はあっという間に特製素麺を食べ切ってしまった。

「これなら、蕎麦にも合うんじゃないかい？　どうして蕎麦屋なのに素麺にしたの？」

美緒は、ちょっと苦笑いしながら、素麺の器を下げた。

「うーん。こっそり試した感じでは、蕎麦との相性も結構良いですね。肉味噌と和えて蕎麦に載せたり……。でも、しばらくはやめておこうと思います」

敢《あ》えて蕎麦を使わなかったのは、暖簾を下ろしてから残りモノを使うと、いくら賄いとして作ったとしても、あの気難しいおやじさんに、『そんな半端な蕎麦を出しやがって、半人前のクセに』と明日、なにを言われるかわからないと思ったからだ。それに、おやじさんは新しい蕎麦粉を使うことには果敢にチャレンジする気概はあっても、さすがにパクチーは無理だろう。

「なんだ、その変な雑草は！　そんなもん俺の蕎麦に入れんな！　とか言われそう」

「そうかぁ……。ちょっと蕎麦バージョンも食べてみたかったなぁ……」

「もしかして、まだお腹が満たされないんですか？」

「うん！　君の料理に興味津々だよ。もっと食べたいなっ」

そんな笑顔を向けられて、やる気の起きない料理人はいないだろう。とはいえ、底なしに食べ続けられても困る。もういい加減に帰りたいのだ。

さて、この大食い男を満足させるには、どうしたら良いだろう。

美緒は冷蔵庫の私物の段に手を伸ばし、あれこれと手に取って考えた。

ちょうどゴボウと一緒に『阿波《あわ》とん豚』が届いていたので、これを『とんかつ』にしてみることにする。

　阿波とん豚は、イノシシと交配改良を重ねて完成した、吉野川の清流で育てられた高品質な徳島名産のブランド豚肉だ。美食家の間では、その濃厚な味わいと肉の柔らかさがすでに高い評価を得ているが、全国区ではまだそれほど知名度は高くなく、浅草や向島で扱っている料理屋は、美緒が知る限りまだないはずだ。豚肉好きなら一度食べたら病みつきになること間違いなしの美味しさだと美緒は思っている。

　実はこのお肉、美緒が夜食用に楽しみにとっておいた秘蔵の一品だった。なので冷蔵庫を開けた瞬間、こんな怪しげな男に振る舞うのは勿体ないと、一瞬は思い留まったのだが、一応お客様には違いないわけだし、せっかくこの貉庵に来ていただいたのだから、第一印象が大切だと思い直し、フンパツすることにしたのだ。というか正直、自分の腕はまだ半人前でたかが知れているのだし、味は素材の良さに頼らせてもらおうと思ったのもある。

　揚げたてのとんかつを油をよく切って、キャベツの千切りと共に皿に盛り付けた。

「はい、最後にガッツリと、とんかつです」

「うわ～、美味そう！　いっただっきまーす」

　美緒は、これで自分用にとっておいた、秘蔵の晩ご飯がなくなってしまったと、少し悲しくなってきた。食事の楽しみこそが人生における生き甲斐だ。と美緒は確信している。

　でも、仮にも食事処に勤めているプロ（の駆け出し）としては、お腹を空かせているお客に、出せるものはなにもない、とは言いたくなかった。彼がホントにお客と言えるのかどうかは、この際別問題になるのだけれど。

　美緒は彼が、美味しそうにとんかつを口に運び続けるのを見ていて、嬉しさを感じたものの、自分のお腹が鳴りそうになったので、その音を彼に聞かれまいと急いで厨房の奥に引っ込んだ。……それにしても、私、なにをやってるんだろう。

「あー美味しかった。御馳走様、素麺もとんかつも、ホント美味かった最高。これもさぁ、そのまんまお店のメニューに加えればいいのに」

「ウチは、基本お蕎麦屋さんなんで、ちょっとそれは無理です。ウチの店主は日本蕎麦一筋ですし」

「ところでさ、さっきの温麺だけど、うどんほどは太くなくて、普通の素麺よりは太い。だし汁の味が程よく染みて、コシがしっかり残っている。いったいなんという麺なのこれ？」

　美緒はどうせ酔っぱらいだから食べ物の味なんて、わかるわけないとタカを括《くく》っていた。なので弥太郎の質問に正直ちょっと驚いてしまった。凄い凄いと驚くだけか、せいぜい豚肉が柔らかくて美味いよ～とか、このカツは牛かな、鶏かなぁとか、笑えない酔っぱらいのギャグを聞かされる程度だろうと思っていたのだ。

「それは、半田《はんだ》素麺といいます」

　美緒は、真面目に答えた。

「ほう、なるほど。こんなに太くても、素麺の一種なの？」

なんだろう？　弥太郎の顔がほんの少しだけニヤケて見える気がする。なにかたくらんでいるのか、それとも美緒の気のせいか……。

「はい、確かに素麺なんですけど、ただ、素麺、うどん、冷や麦は、全て小麦粉、塩、水などで作られていて、基本的には麺の太さで呼び方が区分されているだけなんです」

「知ってる。素材は一緒だ」

知ってるって？　こんなチャラい男が？　嘘に決まってる。女の子の前でイイカッコをしてるだけの知ったかぶりだ。……いや、冷静になれ、美緒。と、自分に言い聞かせる。

「ええと、この半田素麺は、太さからいえば、冷や麦か、うどんにより近い分類に入るのかもしれませんが、その独特な麺のコシとだし汁の組み合わせで二百年くらい前から四国では広く親しまれている家庭料理用の素麺なんです」

「そう、このだし汁のコクと組み合わせて醸し出される味が素晴らしい。四国は香川のうどんが有名だから、素麺はその陰に隠れちゃうのが僕としては残念なんだよなぁ」

「そんなことありませんよ。東京ではともかく、西日本では割と有名なんですよ。四国はうどんに限らず麺類が美味しいのは有名ですよ」

「そうか、関東以北での知名度が低いだけなんだな、うん。食文化は西と東では大きな違いがあるからね……。よーし、自信を持とうっと」

「そうそう私も、東京に来て最初に感じたのはそれなんです」

「香川のうどんはさ、水が違うから美味しいって言われてるけど、この半田素麺もそうだよなぁ……」

「そうですね、水の違いは大きいと思います。徳島の吉野川水系は名水が多いです。それと独特な麺の太さですね」

「うん、気に入ったよ君の素麺。これは美味いわ」

「あ、ありがとうございます」

美緒はそれまで弥太郎と名乗るこの男を、ただのチャラい酔っぱらいだと思っていたが、舌だけは、とても優れていることを認めざるを得ない。

実はこの半田素麺に使っただし汁は、実家の母と祖母が作ってくれた、綾小路家秘伝のレシピなのだ。自分の賄い用にお店の冷蔵庫に、分け置いて保管しておいたものだ。

美緒はこのだし汁の味に、小さい頃から親しんで育ってきた。

東京に来て、いろいろな食堂で、うどん、素麺や冷麺、温麺と食べ歩いてきたが、この母と祖母の作っただし汁に勝る味には、まだ出合えていない。

駱庵の蕎麦は絶品だし、汁も確かに美味しい。しかし、だし汁の奥の深さでは西日本に拡がるだし汁に比して、もう一押し奥行きの必要性を感じてしまうのだ。でも、それはまだおやじさんには言えない。

それにしても、この弥太郎と名乗る不健康そうな青年は、いったい何者なのだろう？

美緒はそれまでの先入観を払拭し、あれこれと妄想を巡らせた。

彼はきっとお金持ちで、若くしてすでに、いろいろな高級食材を至るところで食べ歩く、美食家なのかもしれない、とかなんとか。

「ああ～、もう食べ終わっちゃったよ残念、残念。さてと、それじゃあ幾らかな？」

「う～ん、これはお代はいただけません。商売の品を出したわけではないにしても、自分の賄いをお出ししたなんてこと、おやじさんに知れたら、絶対に怒られちゃいますから。ましてや、その代金をいただいたりしたら、それこそ私、この店を即クビですよ」

美緒は、苦笑いしながら、右手で自分の首を横にスッと切るポーズをした。

「おお、ラッキー。うん、でもそうか。このお店のご主人は頭の固いおやっさんなんだね。なんだか悪いことしちゃったみたいだなぁ」

「そうですよ、そうそう、これは悪いことです」

「仕方ない、埋め合わせはするよ。でも今日はなにも手持ちがないから、次になにかお礼を持ってくるよ」

(ええっ、じゃあなに？　まさか財布も持たずにお店に入ってきたの⁉)

「無銭飲食じゃないですか！」

美緒はまたしても、驚いてしまった。

「いやぁ、ゴメン。でも、ツケといてよ。次にはお礼をプラスして支払うからさ」

「あっ、今のは冗談です。ちょっと驚いただけです。今日三回目ですけどね。ともかく弥太郎さん、お礼なんて本当になんにもいりませんから。今日はもう看板なんで、私まだ掃除もしないといけないし。食べたら、もうお帰りくださいな」

「え〜、そうなの〜。なんかつれないなぁ〜。ねぇ美緒ちゃん、この店は酒はないのかな酒。日本酒ならあるでしょう？　あと一杯だけ飲ませてもらったら、おとなしく帰るからさぁ……」

（手持ちがないとか言ってる酔っぱらいのくせに、なにを言ってるんだろう）

「あっても出せません。もうとっくに看板なんですからお帰りください。明日のご来店をお待ちしています！」

甘い顔して酒なんて飲ませたら、いつまでも居座りかねない。店を閉めて帰れなくなっちゃう。思いつく限りの最大限キツイ言い方をして帰ってもらおう。もはや情けは無用だ。

「あ・の・で・す・ねっ！」

「はいはーい、どうも御馳走様でしたー」

弥太郎は美緒の剣幕に気おされたのか、ようやく諦めてくれたのか、急いで帰り支度を始めた。

椅子から立ち上がり、そそくさと上着を着ると、少しよろけながら、店の引き戸を勢いよく開けて表に出た。

店は表の看板の明かりはすでに消していて、ドアには「準備中」のプレートが下げてある。

「それじゃあ美緒ちゃん、ありがとうね。とっても美味しかったです」

振り返った弥太郎は、最後に妙にしおらしく挨拶をすると、左手を大きく振りながらお辞儀をし、静かに引き戸を閉めて、夜の闇に消えていった。

ここから、柳島の辺りまでは、男性の足ならば二十分くらいで歩ける距離だ。自宅に着く頃には、程よく酔いも引いてお腹もこなれ、良く眠れる頃合いだろうと美緒は思った。

「ふぅ、やれやれ。やっと帰ってくれた」

……だがしかし。もしや帰宅途中、道路上で寝たりしないだろうか？

車が来たら危ないかもしれない。いっそもう少し待たせて、私が送っていってあげればよかったのかもしれないと、美緒は今になって少し心配になってきた。

酔っぱらいが車道上で寝てしまい、車に轢かれたという話は、常日頃から酔っぱらいが多いホッピー通りの辺りでも、年に一回は聞く。

それにしても酔っぱらった男性を、女の子が家まで送っていくなんて、話が逆だろう。それじゃあ家まで送ったとき、男性からなにかされても言い訳できない。やっぱりいくら心配でも、女性が男性を自宅まで送っていくなんておかしいと美緒は思い直した。

思い直したら、自分のお腹が空いていることも思い出してしまった。

仕方がない。帰りにコンビニで晩ご飯になるものを買って帰ろう。美緒は、ため息を吐《つ》いた。

時間も遅くなっちゃったから、もう軽いものだけにしよう。そんなことを考えながら店の掃除をさっさと終えてしまおうと、空腹をこらえて頑張っていたそのとき。

「あれ、これって彼の忘れ物？」

美緒は、布巾でテーブルを拭こうとして、小さな巾着袋が置き去りになっていることに気が付いた。そういえば、夕方に見たときに弥太郎が手に持っていたような気が。間違いない。彼が店に来るまでは、こんな物はなかった。彼の忘れ物に違いない。

なにか大切な物などが入っていたら大変だ。高価な物でなくても、たとえば家の鍵が入っていたならば、彼は自宅に着いても中に入れないだろう。

美緒は中身を確かめようか迷ったが、結局、巾着袋を勝手に開けることはしなかった。

「ああ、もう！　追っかけた方が早い！」

仕方なくその巾着袋を手に持つと、美緒は厨房の火の元を急いで確認し、裏口の鍵を閉め、店の戸を開けて外に出た。そして店の正面の入り口は外から鍵を閉めた。

所詮、酔っぱらいの足だ。急げば追いつける。

広い浅草通りまで出ると、美緒は弥太郎が向かったであろう方向、東京スカイツリー方面に注意を巡らした。まだ、その辺でフラフラしているかもしれない。

「ん〜、さすがにいないか！」

美緒は引き戸から出た影が、確かに吾妻橋とは反対の方面に向かっていったのを見た。おそらく、ちゃんと自宅に向かったのは間違いないだろう。彼女は巾着袋をしっかりと手に持って、浅草通りを東に向かって走り出した。

そこで彼が、『川沿いを……』と言っていたことを思い出した。大きな表通りの、浅草通りではなく、北十間川に沿って裏道を行くかもしれない。美緒は川沿いの道に出ると、早足で川に沿って歩き始めた。川向こうにはライティングされたスカイツリーがそびえ立っている。方向さえ合っていれば、酔っぱらいの千鳥足が相手だ。そう時間はかからずに追いつけるはずだ、と美緒はタカを括っていたのだが……。

……すぐに追いつける。そして巾着袋を彼に渡したら、また店に戻れば良い。そう面倒なことでもない、自分に言い聞かせながら美緒は深夜の北十間川南岸の道を、早足で歩いていった。

このときはまだ、このあとでとんでもないことに巻き込まれるなどとは、考えもしなかったのだ。

第二章　とこ世の忘れ物

美緒は、道の隅っこの方に人が寝たりしていないか、彼を追い越してしまっていないか周囲を注意しつつ、細い路地なども覗き込みながら小走りに進んでいた。左にはスカイツリー側に渡る小さな歩行者専用の橋『おしなり橋』が見えてきた。この辺りは、深夜でもカップルなどが多くいる。美緒はもう一度立ち止まって、煌びやかにライティングされたスカイツリーを見上げながら佇む周囲の人々を注意深く観察した。眼下にはちょっと薄暗いが、川面に降りる散歩道が見える。もしかしたらナンパとかしているかもしれない。

弥太郎は長身なだけでなく、ヒョロッとした感じでハッキリ『普通のサラリーマンとは雰囲気が違う』と美緒は感じていたので、多少人が多かろうと、薄暗かろうと、見間違うことはないだろうと思っていた。だから、少し見回しただけで、ここにはいないとすぐに判断して、また歩きはじめた。

北十間川沿いの道は、スカイツリーの周辺こそ明るいが、それを過ぎると途端に薄暗くなる。といっても街灯は十分な数が設置されている。だから実際に暗いわけではないのだが、美緒には薄暗く感じる理由があるのだ。

駱庵からここまで、川岸の街路樹は、美緒の大好きな桜などだったが、徐々にあの苦手な木が増えてくる。あの木とは柳の木だ。美緒は落葉高木『しだれ柳』を夜に見るとお化けを連想して怖いのだ。お化けが怖いなど、子供みたいでみっともないから口には出さないが、初めてその近辺を散歩がてらに訪れた際には、昼だというのに薄気味悪く感じてしまい、足早に立ち去ってしまったのだった。ましてや今は深夜だ。

隅田川両岸に拡がる低湿地帯では、江戸の昔からたくさんの柳の木々が風に細枝をなびかせてきた。近年はだいぶ数は減ったようだが両国橋《りょうごく》の両岸を始め、下町には今もあちこちに柳の古木が残っている。その中でも特に北十間川沿いの、押上駅《おしあげ》より東側には柳が数多く残っている地域がある。町名としては残っていないが人々は今もそこを『柳島』と呼んでいて、時代劇の捕り物帳などの舞台として知られている。ＪＲの上野駅《うえの》や錦糸町駅《きんしちょう》、亀戸駅《かめいど》などからタクシーに乗っても、地元のタクシー会社ならば、『柳島まで』と言えば一発でこの辺まで連れて来てくれる。

賑やかな東京スカイツリーの東側、押上駅からたったの四、五百メートル。十分も歩かずにたどり着けるにもかかわらず、江戸城の鬼門避けの史跡や開運パワースポットとして有名な神社仏閣、小さな祠などが点在している落ち着いた雰囲気の土地柄に変わる。しかし、美緒にとっては薄気味悪い柳の木がいっぱいある場所という印象が強い。

ならば、そんなところにねぐらを構えているという、正体不明の酔っぱらい男など、追いかけなければ良いのだが、酔っぱらいだけに、どうせすぐに追いつくだろうと、軽く考えていたのだ。

さらに不安要素は、彼が帰路をそれて、飲み直しに別の店に入ってしまうことだが、もしかしたら寄り道した他の店で、巾着袋がないことに気づくかもしれない。そうしたら、貉庵まで取りに帰ってくる可能性もある。実は、美緒はその場合を考えて店の明かりを消さないで、入り口に彼に書き置きの張り紙を残してきたのだった。

問題は、まったく別の細い路地を伝ってウロウロされてしまった場合だ。川の北側には、東京大空襲の大火災を偶然にも逃れ、燃えなかった地域が一部だが存在する。そこは、戦前からの古い家屋などが密集し、路地が複雑に入り組んでいて、住民以外は確実に道に迷う、迷路さながらな地区であり、弥太郎がそっちに入り込んでいたら、さすがにお手上げだ。会える確率は大幅に下がる。

横十間川が北十間川からT字に分岐する、柳島橋まで行きついても彼を見つけられなかったら、美緒はそこで引き返してこようと決めていた。長時間、酔っぱらい男のために、そんな薄気味悪い、幽霊でも出そうな場所にはいたくはない。

そもそも、スカイツリーの周辺や、その南側の錦糸町の辺りは、この時間でもまだ開いている店もあり、繁華街なら路地裏でも人通りは絶えない。それに貉庵の周辺でも、深夜営業の居酒屋やラーメン屋などが、けっこう賑やかにやっているのだ。寄り道し、飲み直ししている可能性は捨てきれない。

だが今はそこを気にしても仕方がない、とばかりに美緒はさらに東進し、京成橋近辺、四ツ目通りを越え、押上駅前郵便局を右手側に見つつ、西十間橋方面に向かって足を速めていった。

いよいよ柳の木が増えだしてきた。周囲もさらに薄暗くなってきている。スカイツリーは徐々に遠ざかっているし、この辺まで来ると暗くなるのは当たり前だ。美緒は自分にそう言い聞かせた。

さらに進んでいくと、突然、ドーンという音が聞こえた。驚いて周囲を見渡すと、いつの間にか街路樹は、ほぼ柳の木ばかりになっていた。十間橋辺りまで来ると、右手に葛飾《かつしか》北斎《ほくさい》ゆかりの寺院、『柳嶋の妙見《みょうけん》様』と呼ばれる、法性寺《ほっしょうじ》が見えてくる。そろそろ引き返し地点として決めていた、墨田《すみだ》区、江東《こうとう》区にまたがる柳島橋だ。

確かに『昔、この浅草通りには柳の木が延々と続いていた』と、貉庵のおやじさんから美緒は聞いたことがあった。しかし、昭和の終わり頃から、街路樹もポップで明るい雰囲気が好まれるようになり、浅草通りの街路樹から柳を減らし、ハナミズキや桜へと植え替えが行われていった。それでも柳島地区だけは柳を少し残そうという動きはあったものの、時代を経るに従って、少しずつ柳の割合は減らされていったはずだ。なのに、どうしてこんなに柳の並木が道の両側に延々と続いているのだろう？

美緒は周囲を見回して漠然とそう感じていた。

左手を流れる北十間川や、分岐して南へと続く横十間川は、この辺りの小川や江戸初期に人工的に掘られた河川の多くが、埋め立てられたり、暗渠《あんきょ》になっていく中で、珍しく地上にはっきりと顔を出して残っている河川だ。豪雨の際には雨水を逃がして貯める役割もあるが、普段は小型の観光船が行き交い、釣り人や散歩する人の絶えない憩いの川である。

夕方になれば川岸や橋の上には、スカイツリーのライティング目当てにカメラマンがズラリと並ぶ。

しかし、美緒にとっては一部残った柳のせいで、おどろおどろしい雰囲気を醸し出している少し苦手なところなのだ。

確かに江戸時代までさかのぼれば、下谷《したや》、浅草、向島、両国、神田《かんだ》など、この下町界隈は怪談に事欠かない。本所深川《ほんじょふかがわ》七不思議に始まり、浮世絵、講談に登場してくる怪談話を江戸の庶民はエンタメとして楽しんでいた。

（……おかしい、法性寺のすぐ先には、高く強固なコンクリート堤防の横十間川が流れていたはず）

しかし美緒の眼前には、土の道が続く低い堤防の川がある。やっと小型船がすれ違える程度の川幅は同じだが、護岸の造りがまったく違う。コンクリートが一切見当たらないのだ。

目の前の緑豊かな川は、左手の別の流れに丁字型に合流している。となるとやはり目の前の橋は、横十間川に架かる柳島橋ということになる。しかし、コンクリート製の近代的な橋ではなく、木造の太鼓橋なのだ。これではまるで浮世絵で見た世界だ。

橋の向こうに、ずっと先まで川沿いの堤防に沿って道が続いている。左手の川側には柳の木が続いているが、右手側は森のように黒々と木々の枝が茂っている。記憶のとおりならその辺りには、マンションに隠れるように天祖神社があったはず。

美緒は、異変に気づきつつも、冷静に太鼓橋に登ると、立ち止まって再び周囲を見回した。太鼓橋は二階くらいの高さがあるので、周りの景色を見渡すのに好都合だ。

しかし、ついさっきまで深夜だったはずなのに、いつの間にか周囲は薄暗い夕闇に包まれていた。深夜だったのだから、薄明るくなるなら「朝」になるはずだ。しかし正面、東の空に太陽の気配はなく、むしろ背後、西の空が薄明るい。だから『夕暮れ』なのだ。気づかない間に朝も昼も飛ばしてしまったのか。それとも、時間がさかのぼってしまったのだろうか？

さらに薄霧までかかってきているようで、周りの風景がぼやけて見える。美緒は両目をこすり、何度も瞬いて、橋の周囲をよく見回し観察した。

橋の下、足元の川から、さらさらと流れる水の音が聞こえる。

美緒は自分が歩いてきた方を振り返る。ほの暗い川の堤沿いの道だ。確かにさっきまでアスファルトの歩道を歩いていたはず。なのに浅草通りの歩道は、いつの間にか未舗装の踏み固められた土の道になっていた。四車線の車道はどこにもない。

「こんなところを歩いてきたんだっけ？」

美緒は、敢えて声に出してひとり言を言った。橋の左手から見下ろすと、北十間川が流れている。いや、考えてみれば、足元の川が横十間川で、左が北十間川だと言い切れる証拠はなにもない。ただ、今までの経過から、近くにあるはずの川といえば、それは北十間川と横十間川しかあり得ない、と思っただけなのだ。

ふと美緒は、川に浮かんでいるお皿のようなモノに気づいた。

それは夕日の薄明かりが反射して、チラチラと目に光を飛ばしてくる。少し眩しいと思いつつも、その光る水面《みなも》をよくよく見ると、同じような丸いものがいくつか水面に浮き上がったり、ゆっくりと沈んでいったりしている。

美緒は不審に思って、丸いものを凝視すると、その中のひとつがぐっと水面からせりあがってきた。美緒は驚いてしゃがみ込み、太鼓橋の太い木の手すりに身を隠した。隠したといっても、木の柱はそれほど太くはなくて、実際に体を隠せるわけではない。

(あれはいったいなに？　まさか本当に妖怪？)

小さく声に出そうとしたが、胸がドキドキして声にならない。美緒の知る限りで言えば、それは『河童《かっぱ》』の後ろ姿に見えた。浮世絵などにも描かれている、日本古来から言い伝えられているオドロオドロしい妖怪だ。

今度は浮き上がった瞬間、背中の甲羅まではっきりと見えた。

が、それはそのまま再び、水中に静かに沈んでいった。

河童らしき生き物は、美緒に気づいているのかいないのか、危害を加えてくる様子は特にない。それでも美緒はここから早く、逃げ出したかった。しかし、足がガクガクと震えている。

川面に見えた、いくつもの丸いものが頭の皿だとしたら、たくさんの河童が水中に潜っていることになる。もしかしたら、彼らは突然美緒の存在に気づいて、一斉に堤から太鼓橋にあがり、自分を水中に引きずり込んでしまうかもしれない。と想像して、怖くなってきた。

河童が人間の子供や家畜を水中に引きずり込む昔話を、小さい頃よく故郷のおばあちゃ

んが聞かせてくれたことを思い出した。

美緒は心臓がバクバクしているのにようやく気づき、気持ちを落ち着かせなければと深

呼吸をして、改めて周辺の川面を注意深く見渡し、耳を澄ませた。

すると、どこからか小さく祭り囃子が聞こえてきた。

美緒はついさっきまで、まったく気が付かなかったが、橋の向こうの雑木林の奥が、な

にやらとても賑やかそうだ。音の方向に耳を向け手を開いて当ててみる。祭り囃子の音が、

風に乗ってさっきよりも大きく耳に届くのがわかった。

「なんだ、天祖神社があるじゃない。もう驚かさないでよ。ここはいったいどこなのかと

思った」

美緒は太鼓橋の一番高いところまで登ると、そこから音の方向に目をやった。黒い森の

中に神社の屋根の一部が、わずかに出て見えた。方向的にはやはり天祖神社だ。堤下の道

から分岐して、雑木林を分け入るように参道が続いている。提灯がぽつりぽつりと点灯し

ていて、人が行き交っているのが見える。

「あそこまで行けば……」

お祭りをやっているのかもしれないし、とにかく、たくさん人のいる場所まで行かなけ

れば。そう思った美緒は、即座に太鼓橋を駆け下りようとした、その瞬間、年老いた男性の声で呼び止められた。

「嬢ちゃん、大丈夫かの？　ずいぶんと顔色が悪いようじゃが」

周囲を見回したが、一瞬どこから声がしているのかわからなかった。よく見ると美緒の肩よりもずっと背の低い老人がすぐそばに立っていた。

「お、お爺さん、それどころじゃありません。すぐに逃げないと！」

「んん〜。なんでじゃ？　なにから逃げるのかの〜」

頭が不自然に長く伸びた禿げ頭の老人は、豊かに長く蓄えられた白い髭を触りながら、美緒が指さす川面を覗き込んだ。

「なんじゃ、ありゃあ河童の子《わっぱ》ではないか。魚を捕って遊んでおる……」

「かっぱ……。やっぱり河童なんだ……」

冷や汗を拭う美緒の様子を、老人は三日月のような細い目でチラリと見た。

「なにも心配ない。それより、お前さん……。人間《ひと》の子じゃな？　なにしに来た？　どうやって？」

「え？　どうやってって言われても……。ここがどこなのかも」

「ここは『柳しま』じゃよ。ふむ、まあ良いわい。お前さん名をなんという？」

「私は美緒……。……あれ？」

美緒は自分の苗字が思い出せないことに気づいた。古代中国の仙人のような風体の老人の正体も気になるが、今はそれどころではない。

「ふむ、美緒か。……ん？　はて、どこかで耳にしたような」

老人は今、確かにここを柳島と言った。しかし、周囲の風景は美緒の記憶にある柳島とは違う上、全てが夢の中のように現実味が薄い。だが、兎にも角にも、今来た道をそのまま戻っていけば駱庵まで帰れる。天祖神社と反対の方向、帰るべき浅草方向には東京スカイツリーがそびえるように建っているはずだ。

「あれれ？　……ない」

もし空の色の印象どおり、夕方の星の瞬きが始まる頃合いなら、スカイツリーがライティングされているはずだし、この辺りは写真撮影に適度な距離だから、点灯開始時間には何人もの観光客が橋の上などに三脚を立てて、カメラを構えているはずだ。美緒は周囲を三百六十度見回し、スカイツリーやその他の目印になりそうなものを探した。

さっきまで気づかなかったが、仙人のような老人の他にも、小鬼のような者も数人ばかり美緒の周囲で空を見上げていた。

「美緒とやら、あの辺を見ててごらん。そろそろ瞬き始めるじゃろう」

老人はスカイツリーがあるはずの方向を見上げている。そこにはなにもなかったはず。いや、よく見ると黒い、とても巨大なクリスマスツリーを逆さまにしたようなシルエットが見える。周囲の光を一切受けない漆黒の逆さツリーの闇が、想像もつかない高さまで続いている。

「あれは？　木……。とても大きな、逆さまの木。……ですよね」

「そんなところじゃな。神界樹《しんかいじゅ》と呼ばれていての、あちこちにあるが、これは特に大きい」

「あ、ひとつ光った。小さいけど強い白い光。……あ、またひとつ、ふたつ、だんだん増える。……綺麗。ゆっくりと上ったり下りたりしてる……」

美緒は思わず指さして声をあげた。周りの小鬼たちも同じように指さしながら、なにか談笑し合っているがよく聞き取れない。

「あれは、良き魂の光じゃ。よく生きた者は強く輝きながら神界樹を上り下りし、やがて神界樹と一体になる。特に変わった功績を残した者は、それぞれ異なる色を放つ」

「あ、本当だ、ときどき緑っぽいのや、紫、赤もある……。けど少ないですね。ほとんどが白」

「白は尊い魂じゃ。平凡な人生だったかもしれんが、平凡に良く生きることは尊いことなんじゃ」

ふと、美緒は疑問に思った。

「あの……、良くない生き方をした魂はどうなるのですか？」

「なぜ気にする？　……まあいい。神界樹の隣りを見よ」

黒く巨大な神界樹のすぐ近くに、灰色のいびつな建物が建っている。周りには、平屋かせいぜい二階程度の建物しか見当たらない中で、それは唯一高層ビルのような高さだ。四角いパーツをいびつに組み合わせ、ブロックをガタガタに積み上げていったような構造物の中を、黒く丸く光を発しないものが、ぐるぐると、やはり上下に行き来している。

「あれはなんですか？」

「名前などないが、お前さんたちが、地獄と呼んでいるところかもしれん。あそこで魂は浄化されるまで巡り続けるのじゃ。長い長い時間をかけての……」

急に美緒はまた怖くなってしまった。

「あの、お爺さん。私、もう行きます。ご心配をおかけしました」

美緒は老人にペコリと頭を下げた。

もっとも、行くといっても、これからどこへ向かえばいいのか途方に暮れていたのだが。

（そもそも私は忘れ物を届けるために、弥太郎さんを追いかけてきただけなのに……）

再び周囲を注意深く見渡し続けた。心臓の鼓動が激しい。落ち着くために深呼吸をした。するとすぐにまた、祭り囃子が小さく耳に飛び込んできた。

（そうだ！　天祖神社だ）

美緒は、一気に太鼓橋を駆け下りると、提灯の連なる参道へと入っていった。

周囲の風景には、いちいち強い疑問を感じるものの、今はとにかく天祖神社に行ってみるしかない。そもそも人間《ひと》のたくさん居るところに逃げ込む必要があったのだし、それに楽し気な祭囃子の音に不思議な魅力も感じる。美緒は喧騒に引き込まれるように、森の奥へと進んでいく。

ほどなく鳥居が見えてきた。近づいて見上げるとかなり大きく、十メートル以上はありそうだ。それにしても、前に一度来たことがあったはずの天祖神社の鳥居にしては、記憶に照らしてもあまりに大きい。美緒はそう感じながらも鳥居をくぐると、いつの間にか人ごみの中を歩いていた。

並木が覆いかぶさる参道の両側には、ぽつりぽつりと縁日が続いている。あるいは浅草《せんそう》寺《じ》の仲見世通りのような小規模な商店が続いているようにも見える。

橋の上からは、参道に人が行き交っているように見えたのだが、実際に来てみると、それはもっとぼんやりした幻のような淡い光に過ぎなかった。人の背丈ほどの淡い光は、揺らめきながら列を作るように森の奥へと進んでいく。その列に加わるように美緒はついていった。

だが、なかなか神社に着かない。

こんなに距離があるはずがない。

そもそも天祖神社は、街に溶け込むような、落ち着きのある神社であり、賑やかな露店が長く連なる参道などなかったはずだ。

提灯の列はまだまだ奥へと続いているように見える。美緒は列を離れ道端の石灯籠に手をついて休もうとした。が、膝からガクッと崩れるように、しゃがみ込んでしまった。

「おっと、お嬢さんそんなところに座り込んじゃあ、往来の邪魔だ」

神社の境内に向かう通行人のひとりが美緒の肩に当たった。

美緒を注意する男の声は耳障りなだみ声だが、口調は優しさを感じさせるものだ。

「危ないからもう少し、横に避けな、お嬢さん」

「はっはい、すみません」

急いで立ち上がり、ふらふらと石灯籠よりも外側の参道の隅に移動しながら、美緒は自分に注意したその男の方を振り返った。

その男の顔は、……蛙《かえる》だ！

蛙男は粋な着流しを着て、妙齢の芸者さんを連れて参道を歩いていく。

ここにいる人たちは、みんな人間じゃない。

蛙男の連れている芸者もよく見ると、耳が尖って、首には鰓《えら》のような筋が見える。うなじから見える肌には鱗《うろこ》があった。

やっと美緒はとんでもない状況に置かれていることを自覚し、周りの人々の姿や形を認識し始めた。

あれはなに？

ここはどこ？

私は、どうなってしまったの？

呼吸が荒くなり、軽いめまいがする。美緒は愕然としつつも、なんとか正気を保ち続けようと胸に手を当て、歯を食いしばり、一旦目を閉じた。この混乱した精神状態はマズい。まず気持ちのリセットが必要だ。

参道の脇の石灯籠に手を置きながら、深呼吸して気持ちを落ち着けると、彼女はもう一度ゆっくりと目を開け、周囲の風景を観察した。

日本……。ディテールに違和感が多々あるものの、やはりここは日本のどこかの、大きな神社の参道なのだろう。縁日の露店や屋台など、小さなお店が、果てしなく参道の奥へと続いている。それにしても、規模が大きすぎる。この辺りに浅草寺の仲見世通りよりも長い参道なんてあっただろうか？

秋祭りはまだずっと先のはずだ。それなのに参道の縁日は行き交うモノたちで混雑している。蟲《むし》のようなもの、動物と人が混ざり合ったようなもの、宙を浮いて歩いているもの、人のようでどこか違っている者たちで賑わっているのだ。

露店の売り子も同じだ。小鬼のようなもの、ヘビのような顔をしたもの、姿が透けて見える気体のようななにかなど、人ならざるモノたちが、人間と同じようにお客相手に商売をしている。

美緒は恐々《こわごわ》と、露店に並べられた商品を覗き込んでみた。売り物はクラゲのようなふわふわした形のナニカ。他にも光り輝く星を小瓶に詰めたもの、スライムのようなヌメっとした液体を果物っぽいなにかにかけたものなど、縁台の売り物は見たこともないものばかりだった。

「食べられそうなものがなにもない……」

そもそも食欲をそそる形状、色合いのものがひとつもないのだ。美緒は次の露店を覗くのをやめた。パッと見、似たようなものだと感じたからだ。

呼吸も整い、体調もだいぶ回復したので、美緒は先を急ぐことにした。

「とにかく神社にたどり着こう！」

やがて、参道の両脇は屋台よりも、木造や石造りの建築物が増えてきた。しかし、ほとんどが平屋でわずかに二階建てがあるだけだ。それも純粋に古風な日本建築ばかりではなく、いろいろな神社仏閣に、西洋の教会や、その敷地にあるような建物を、いくつも混ぜこんだ不自然で幻想的なデザインの建造物も多い。

美緒は次第に、今自分がいる場所を漠然とではあるが理解し始めていた。

少なくともここは、今まで自分が住んでいた人間の世界じゃないのだと……。

それならば、自分は死んだのだろうか？

美緒には、特になにか持病のようなものはなかったし、突然、心臓発作に見舞われたりした自覚もなかった。

そもそも、死んだときには自分からなにもしなくても、「死神」様が迎えにきて、魂を天国や地獄など、神様の世界とかに案内してくれるんじゃないのだろうか……。それとも閻魔様の前に突き出されるとか？

あるいは自分は成仏できずに、さっき見た灰色の高層ビルに浮かんでいた黒くて丸い魂になって、消え去るまでの長い長い時間、彷徨《さまよ》い続けていくのだろうか。それだけは、嫌だなと美緒は思った。

そのとき、美緒はエプロンのポケットに入れておいた弥太郎の忘れ物、巾着袋の存在をふと思い出した。

(そういえば、この袋の中身ってなんなんだろう。お客様の忘れ物だから、勝手に中を見ないようにと思っていたけど。なにかヒントになることがわかるかもしれないし、他に私にできそうなことはもうないし、この際、巾着袋を開けてみよう)

美緒は巾着袋を縛っている紐を解《ほど》いて、その中を覗き込んだ。

古びたコインが数枚入っている。手のひらに取り出してみた。それは今まで美緒が見たこともない貨幣だった。歴史の教科書で見た日本か中国の古い時代のもののようだった。

「和同開珎《わどうかいちん》に似ているけど違う……。あの人なんでこんなもの持って歩いてたんだろう」

美緒は巾着袋の中に、他になにか入っていないかと、膝の上にエプロンを広げると、袋を逆さまにして中身を全部、そこに出してみた。

なにかの古文書のようなものが出てきたが、達筆な草書体で書かれた文字は美緒にはなんのことかわからない。他には、植物の種のようなものがいくつか小袋に入っていた。

小さな赤茶色い実は、美緒の知識ではクコの実のように見えた。料理で使った経験があったのだ。クコはナス科の落葉樹でその実は薬用、食用に使われているが、これはほんの少し大きく、指先で摘まむと柔らかい点が異なっている。

美緒は自分がさっきまで、ものすごくお腹が減っていたことを思い出した。忙しくて夕食を食べ損ね、ならば夜食でとっておきの食材を用いた賄いを、と楽しみにしていたのに、弥太郎に食べさせてしまった。それからずっと空腹を堪《こら》えていたのだが、あまりにおかしなことが立て続けに起きてしまい、それどころではなかったのだ。

さっき見た屋台で売っている食べ物らしいものは、いくらお腹が減っているからといっても、さすがに口に入れる気にはなれなかった。それに参道を歩いている半透明の人々は、買い物をしている様子を見る限り、現代の世界で使われているお金ではなく、弥太郎の巾着袋にあったお金に近い、古めかしいものを使っていた。

さすがに無断で弥太郎のお金を使うことは許されない。結局、美緒はこの縁日ではなにも買うことができなかった。

巾着袋に入っていた赤茶色の植物の種なら、唯一食べることができるかもしれない。ただし、あとで弥太郎に無断で食べてしまったことを詫びるしかないが……。

彼が毒になるようなものを、巾着袋に入れて持ち歩いているとは思えない。

背に腹は替えられない。一口だけ食べてみよう。

ほんの少しだけなら、弥太郎も許してくれるに違いない。

少しでも空腹を満たさなければ倒れてしまう。

美緒はそう思って袋から出したその赤茶色い実を一粒手に取り、口に入れようとした。

「ダメだ！　壽《じゅ》卦《け》米《まい》を食べちゃいけない!!」

その時、聞き覚えのある、大きな声がどこからか聞こえ、美緒は赤茶色い実を口に入れる寸前のところで止め、周囲を見回し声の主を探した。

いつの間にか彼女の目の前に、『貉庵』に来たときそのままの姿の弥太郎が立っていた。

「や、弥太郎さぁん。どこにいたんですか。私、ずっとずっと捜してたんですよ……」

美緒は、一気に気が緩んだのか、泣きそうな声で弥太郎を見上げた。

弥太郎は、まず急いで美緒が手に持っていた赤茶色い実を取り上げると、ふぅと深く一呼吸した。

「ああ、危なかったぁ。その実はね……、えーと、そう。神官がちゃんとした手続き、神事を行って食べる物なんだ」

「危ないって……。これ、毒の実なの？」

弥太郎は、その実を美緒が手にしている巾着袋に戻しながら、しゃがみ込んで視線を美緒に合わせて、じっと目を見た。

「よく聞いて。この実を口に入れるってことはね、この世界の住人になるっていうことなんだ。それを一粒でも食べたら君は元いた人間の世界、うつし世にはもう二度と戻れない体になってしまうよ」

弥太郎は諭すように美緒の肩に右手をかけ、初めて見る真剣な顔で、彼女の顔を覗き込んだ。

「えええっー、そうなの？　そんな……、ということは、やっぱり、私はもう、死んじゃってるんですか？」

美緒は、今の自分が置かれている状況について、体験して感じたこと、不安に思っていることを率直に、興奮気味に弥太郎にぶつけた。弥太郎は対照的に落ち着いた口調だ。

「死んだとか、生きてるとかじゃなくて、そもそもここは、人間の住む世界じゃないんだ」

弥太郎の話し振りから、彼がこの世界のことをずっと以前から知っているのだということ、ただの人間ではないことを、美緒は確信した。

「それなら、弥太郎さんは？」

「うん、まあ人間じゃあないんだけど……」

「じゃあ、お化けなの？」

「いや、死んではいないから。でも半分だけ人っていうか」

美緒は彼が何者なのかも気になっていたが、まずは自分が元の世界に帰れるかどうかが知りたかった。

「私、もうここから早く帰りたいです。本当に怖かったんです。私はここから帰れるんですか？」

「……帰れるよ、だから安心して」

美緒は弥太郎の目線が微妙に下を向いていることが気になった。返答も一拍遅れた気がする。

「本当に？　本当にちゃんと帰れるんですか？　私をこんなところに連れ込んで、どういうつもりなんですか？」

今までの怖い思い、今後に対する不安などが混ざり、彼女の両目から大粒の涙が溢れてきた。

「ああ、美緒ちゃん、ごめん、ごめんね。怖い思いさせちゃったんだね。約束するから、必ず君を無事にうつし世に返すから」

美緒は両手を固く強く握り締め、涙を堪えた。

「約束ですからね……。絶対ですからね……」

「大丈夫、僕が責任を持って、君を守るから……」

弥太郎は、美緒の握りこぶしを、一回り以上大きな両手で包み込んだ。温かかった。

堪え切れずに、また涙が溢れた。

口だけ男かもしれない。見た目どおりのチャラ男かもしれない。信じ切れるかどうかわからない。……けれど今は、この手の温もりを信じるしかない。そう自分に言い聞かせただけで、美緒は少しだけほっとしていることに気づいた。

「ところでさ、美緒ちゃん。君がどうやってこの世界に紛れ込んじゃったのか、っていうことなんだけど……」

「紛れ込んだんですか？　私」

美緒はこの世界に来てしまった原因は、彼にあるのでは、と少し疑っていた。

「そう、僕は美緒ちゃんの蕎麦屋で、さっき晩ご飯を食べさせてもらって、その足でひとりでとこ世に戻ってきたんだ。まだ、君を連れてくる気なんて、全然なかったからね」

「そうそう、それで弥太郎さん、お店を出るとき、この巾着袋を忘れていったでしょう?」

「そう、酔ってたんで忘れちゃった。わざわざ持ってきてくれたんだよね、ありがとう」

弥太郎は改めて彼女にお礼を言った。

「なにか大事なものが入ってたら困るだろうと思って私、急いで追いかけたんです。東京スカイツリーのところから北十間川に沿って、探しながら……」

美緒は説明しようとして、また涙が溢れてきて、言葉を詰まらせてしまった。

「そのときに君は……。ああ、でももう大丈夫だから泣かないで。しかしそれを持ってただけで、『通戸』も通らずに、とこ世側に来れたのか……。凄い神界体質なんだね?」

弥太郎は感心したような言い方をしながら、しげしげと美緒を見た。

「こっちをあんまりジロジロ見ないでください。……それになんですか、その神界体質って?」

「この袋にある壽卦米、通称『いざなぎの実』を持って傍《そば》を通っただけで、美緒ちゃんの魂は神界樹の波動と同調しちゃったみたいだね。それでいつの間にかこっちに転移しちゃったんだ」

「そんな危ない実を、気軽に袋に入れて持ち歩かないでください」

「普通の人は、これを手に持っていても、別に危ないことはなにも起きないんだよ。たとえうつし世側でこれを食べたとしても、この実の引き出す神力のせいで、食べた人がお腹を壊すくらいで、それ以上はなにも起きないんだ」

「じゃあ、なぜ私は？」

「人間の中にはね、神様の意志を受信できたり、逆に訴えたいことや伝言を送信したり、神々の世界であるとこ世側をちょっとだけ覗き込んだりできる資質を持って生まれてくる人がときどきいるんだ。神官の祈禱、巫女の口寄せなんかはその現れ方のひとつと言われてて……」

「ええっ、じゃあ私もそういう体質だったっていうんですか？」

「ん〜、そうみたいだね。僕も君がすんなりこっちに転移したのを見て、久しぶりに再認識したくらいだから、そうめったにいるわけじゃないんだよ」

「それで弥太郎さん、貉庵でお食事をしているとき、私に神事とかにも縁があるみたいとか言ったんですね？」

「ちょっと感じただけなんだけどね。オーラみたいなモノをさ」

「とにかく私、まだ死んでないんなら、一刻も早くうつし世、元いた人間の世界に戻してもらえますか？　……まさかできないなんてことはないですよね？」

「……それはできます。できるんだけどさ、せっかく美緒ちゃん、こっちの世界に来たんだし、料理のセンスもバッチリなんだから、ちょっとだけこの世界に居残って、ウチの料理人として僕を手伝ってくれると、とても嬉しいんだけどな」

弥太郎は、あたかもちょっとバイト先を変える程度のことのように、気軽に言った。

美緒にしてみると、話を聞けば聞くほど、この世界に少しでも長く残ることが人生の大問題に繋がるように思えてきた。安心なんてできるはずがない。

「弥太郎さん、そんなセンスを持っているなんて言われても、私は全然嬉しくありません。まだ専門学校を卒業して、料理人の修業を始めたばっかりの身ですから。やりたいことや、自分の人生で試してみたいことがたくさんあるんです。だから、だから、早く元いた世界に戻りたいんです。ここにいたら死んだのと同じですよね」

「う〜ん、そうかぁ……。それじゃあさ、たまに元の世界に戻るのとかじゃダメ？」

弥太郎は、美緒にとこ世の料理人になってもらうのをどうしても諦めきれないようだ。

「ダメです。私は親切心から弥太郎さんの巾着袋を返してあげようとして、急いで追いかけてきただけなんですから。それもこうして返したんだし、赤茶色い実も食べなかったんだから、すんなり元の世界に帰してくれても良いじゃないですか……」

「そう……、だよね……」

美緒は弥太郎の話し方が、奥歯にモノが挟まっているようで、気になった。

「……本当は、やっぱり私、死んじゃってるんですね？」

美緒の両目に再び、涙が溢れてきた。

「いや、そうじゃない！　そうじゃないんだ」

「戻っても私の体はすでにないとか、あっても脳死状態になってて、たとえ体は生きていても、意識が戻らないで病院のベッドから一生起き上がれないとか……、ああ〜」

「いや、それ、どれも違うから……。美緒ちゃんは体ごととこ世《こっち》側に来てるし……。ホントに大丈夫だから……」

「うわぁああああああああーん。じゃあ神隠しとか、そういった感じじゃないですかぁ〜。黙っていなくなったら、おやじさんに心配かけるぅー」

美緒は堪え切れずに、声をあげて再び泣き始めてしまった。もう涙が止まらない。文字通り生き死にがかかっていると思ったのだ。

弥太郎は困ってしまい、美緒の頭に手をポンとのせて、なだめるような仕草をした。

「落ち着いて聞いて、美緒ちゃん。絶対に大丈夫だから。ただね……、偶然が重なってとこ世に来ちゃった人間が、うつし世に戻ったときに、とこ世《こっち》のことを人に話したりするとマズいことになるんだ」

「私、しゃべりません……。絶対、絶対しゃべりません」

「うん、うん、そうしてください。でないと困るのは君だから」

「え！」

「故意にせよ、わざとじゃないにせよ、もし少しでも誰かに話した瞬間に、うつし世の記憶は全て消えてしまうからね」

「ええ――っ。……それって、傍目には、記憶喪失……」

「まあ、ちょっと違うけど。でも、こっちの仕事に就けば安心、安心」

言い方からして、ちっとも安心なんかできそうもない。

「消すなら、神様世界で体験した方の記憶を消せば秘密はバレないじゃないですか！」

「とこ世の出来事は嘘にできないし、記憶も消せないんだ。逆にうつし世の出来事は嘘にできるし記憶も消せる。全部綺麗に消せば、その人は一度死んで、生まれ変わったのと同じになる。それがうつし世に生まれた人間ってことなんだ」

「そんな……」

弥太郎の目が怖い。

美緒の、怯《おび》えて小刻みに揺れる眼差しに気づいた弥太郎は、慌ててニッコリと微笑みかける。

「いやぁ、別に秘密ってわけじゃないんだけどさ。変なこと話されると『世の理《ことわり》』のバランスを崩すことになっちゃうんだよ。まあ、逆は問題ないんだけどね。いくらうつし世の話をこっちでしても大丈夫。だって所詮はうつし世のことだもん。いくらでも変わる夢か泡沫《あわ》か幻《まぼろし》みたいなもんさ。けれど神々たちの意志や行動の方は、うつし世に影響を与え、形を作る礎石《そせき》だからね。選ばれた者が許された形でしか、その神託をうつし世の人々に伝えることはできないんだ」

美緒は、怪訝な顔をしている。露骨に納得していない様子だ。

「なんだか新興宗教の教えか、インチキ占い師の作った設定みたいで、誤魔化されている感じがするんですけど」

疑惑を持たれて、弥太郎の身振り手振りが不自然に大きくなってくる。

「いやだからさ、そういう体質、いや才能を持った人は、昔からこっちの世界に移り住んでもらうか、もしくはうつし世側であっても、とこ世とうつし世を繋ぐ仕事に就いてもらう習わしになっているんだ。神社の神官や巫女とかの神職もそのひとつだよね。そう、神々のために才能を生かす仕事さ。ひいては人間世界全体のためになるわけだし」

「壮大なお話も結構ですけど、つまるところ、私は人の世界に戻れるってことで良いんですよね？」

「美緒ちゃんが、僕の言うとおりに、仕事に就いてくれればね！　バッチリさ」

とこ世とうつし世を繋ぐ料理の仕事ってなんなんだろう？　果たしてそんな仕事が自分にできるのだろうか？　美緒は不安になってきた。

「大丈夫だって。美緒ちゃんは料理の才能を持っているからね。それを生かすんなら、神職よりも、七福神食堂のひとつ、ウチの福禄寿食堂の料理人こそが適任だよ、絶対！」

弥太郎に力強く断言された程度では、美緒の不安感をぬぐい去ることはできない。

「そのお仕事って、具体的にはどんな感じなんですか？」

「わかり易く言うと、神々に人間の料理を作ってお出ししたり、人に福禄寿の神力が込められた料理を提供して信心を集めたり、人と神の両方を美味しい料理で繋いでいく、そんな料理人のことさ」

「なんだか、難しそうですが……」

「だからさっきから大丈夫だって言ってるでしょ。この伊勢弥太郎が保証してるんだよ？」

「弥太郎さんの保証って、それ意味あるんですか？」

もし弥太郎が、人ならざる者だとしても、それがなんの保証になるというのか。ただの人間でもＴＶで人気の料理評論家などに褒められた方が、よほど保証としては納得できるというものだ。

「僕の神力のひとつなんだけど、この舌は料理を作った人のセンスや潜在能力を、かぎ分ける力があるんだ」

弥太郎は、ベーっと舌を出して見せた。バカにされたわけではないけれど、その子供じみた仕草には、話の内容の信用度を高める効果などないに等しいのに、と美緒は思う。いや逆に言えば、嘘や誤魔化しのない話なのかもしれない。弥太郎はただ剛毅木訥《ごうきぼくとつ》に話しているだけなのだ。

「僕の神力を認めたから、福禄寿の爺さんは僕に食堂を任せてくれた。その僕が言ってるんだよ。美緒ちゃんの料理の力はまだ粗削りだけど、修業を積んでいけば、神様とその眷《けん》属《ぞく》たちをうならせるだけの味を作り出せる力がある。そう僕は信じている！」

「そんな……、私に、そこまでの力は……」

どこまでも持ち上げて説得してくる弥太郎の態度に、美緒はちょっと大げさすぎて引き気味になった。ただ、弥太郎が自分の才能をそれほどまでに高く買ってくれたことは純粋に嬉しかった。

「いや、もちろん実力はまだそんなにないよ。あるのはセンスと将来性さ」

「ああ、なぁんだ……」

「まあまあ、そんなに深刻に考えないで、とりあえずやってごらんよ。もし、無理そうだとわかったときには、他の仕事を考えるからさ。巫女さんのカッコとかも似合いそうだしね」

　美緒の頭に、巫女の装束を着た自分の姿が浮かんだ。正直コスプレみたいで、小っ恥《ぱ》ずかしいとしか思えなかった。それが顔に出てしまって微妙な面持ちになった美緒を見て、弥太郎は優しく励ました。

「とにかく、すぐに一旦、元の世界には戻れるようにするから、もう泣かないで」

「本当に戻れるんですね！」

「うん、もちろんさ」

　弥太郎はそう言って、優しく美緒の肩を叩いた。

「はぁ、さっきから微妙にセクハラだと思いますが、元の世界に帰れさえすれば、それだけで今は満足です」

「ただし……、向こうに戻ったら絶対に僕の指示に従うこと！」

　また弥太郎が真剣な顔をしている。美緒は目をそむけ、あさっての方向を見ながら思う。

弥太郎は、まだなにか私に話していないことがあるのだろうと。そして、もし弥太郎の提案を断れば、この世界の理によって、私は二度と元の世界には戻れなくなるのだろうと。

美緒はネガティブになりそうな自分を奮い立たせるように、勇気を出して宣言をした。

「私、そのお仕事、やってみようと思います。一度向こうに帰ったら、いろいろ支度してきますね」

そうだ、もともと料理人になりたくて修業のために東京まで来たんだ。その修業先がもうちょっとだけ遠いところになるだけだ。

「いや、無理してすぐに決めなくても大丈夫だけどね。ただそうなると、すぐに一旦帰るってのは無理になるけどね」

「やらせてください！　今すぐに決めます！　だから帰らせてください」

とにかく、ここから脱出しないことには話にならない。

「了解！　それじゃあ、うつし世に戻って、自分の部屋でゆっくり寝て考えてね。それと……、これはプレゼントだよ」

弥太郎はポケットから、丸っこくて小さな黄色いお守り袋を、取り出し、美緒に手渡した。

「あ、可愛い～。白い鶴の刺繍がきれーい。ありがとうございます」

「このお守りには、福禄寿の神力が込められているんだ。鶴は時を司るから、きっとゆっくり眠れるよ。あと、それから、君のメアドを教えてくれるかい？」

弥太郎の言葉を聞き終えたその直後から、催眠術にかかったかのように、急激に眠気が襲ってきた。数秒後にはもう、呂律が回らない。

「私のメアド……？　名前のあとにローマ字でお料理大好き@……」

美緒は意識を失った。

第三章　とこ世とうつし世の狭間の料理人

「や、弥太郎さん……。どこ……。どこにいるの？　私をひとりにしないで……。弥太郎さん！」

美緒は、自分の寝言で目を覚ました。見慣れたアパートの天井が見える。自分の部屋の布団の中にいたのだった。

昨日、お客さんの忘れ物を届けようと、柳島橋まで行って……、その後どうやって部屋まで帰ってきたのだろうか？

「ああ、生きてて良かった……」

目覚めたあと、美緒はしばらく天井を眺めていた。そして自分が生きていることをしみじみと実感した。

「なんか、長い長い変な夢をずっと見てた気がする……。っていうかもしかして、あれ全部夢？」

美緒は、バンッと布団から飛び起き、両手をあげて大きくノビをした。そして軽く上下左右に腕を動かし、ラジオ体操のような動作をしばらく繰り返した。特に体に変調はないようだ。

ＴＶのリモコンを探し電源をＯＮにすると、朝のニュースが映し出された。

部屋の中、書棚や家電品などの位置や様子を注意深く観察しても、記憶の中の自分の部屋と、特に変わりはない。書棚の置き時計は八時三十分。日付は昨夜、貉庵で忘れ物をした客を追った翌日になっている。

ＴＶのニュースは、鉄道、首都高速ともに平常運行だと言っている。スポーツニュース、芸能ニュースと続き、東京ローカルニュースでは一般道での交通事故を報じていた。今朝も都内ではあちこち大小の事故があったようだ。特に地元の地名は耳を引く。墨田区業平《なりひら》一丁目付近、十間橋交差点で、小型トラックが曲がり切れずに横転したらしい。

美緒はふ〜ん、という感じでニュースを横目に見ながら、空腹から冷蔵庫の扉を開けて、中を覗き込む。

「卵があるか……」

とりあえず、目玉焼きとスライスハム、千切りにして冷蔵庫に入れておいたキャベツと一緒に皿に載せた。あと食パンが少し残っていたはず、と食器棚の辺りを見る。半斤くらいはありそうだ。牛乳をコップに注いで、それらをテーブルに並べた。

「いただきます……」

それにしても、昨夜のことはどこまで現実で、どこからが夢だったのだろうか？

どう考えても、歩き回った神社の境内は、現実のものではない。天にそびえ立っていた巨木も現実感がない。そもそも逆さまで天から生えているかのようだった。やはり全部夢だったのだろうか……。

「あ、スマホ充電しなくちゃ……」

美緒が枕元に無造作に置いていたスマートフォンを手に取ろうとすると、その隣に小さな黄色いお守り袋があった。

「白い鶴の刺繍……」

充電しつつ、スマホのメーラーを立ち上げると、受信トレイにスパムに混じって見慣れないアドレス、yata……@からメールが届いていた。

表題には、「起きたら天祖神社、鳥居横の福禄寿食堂に来るように」とある。

「やっぱり、夢じゃなかったのか……」

美緒はお守りの紐をつまみあげ、指先でツンツンと突っつきながら呟いた。

メールには、他にも体調を心配してくれてたり、着替えを持ってくることや、しばらく留守にする手続き、決して昨日のことを誰にも話してはいけないこと、貉庵のおやじさんへの事情説明を秘密を漏らすことなく行うようにといった、注意することなどが書かれていた。

読んでいるうちに、美緒は段々と昨夜の出来事を思い出してきた。が、どうやってアパートに戻ったのかだけは、まったく思い出せない。最後の記憶は、このお守りとメアドの件だけだ。普段なら知り合ったばかりの男性に、メアドを教えたり絶対にしないのに、なぜ……。やはりそれだけの大きな出来事があったのだ。そうとしか思えない。

「いずれにせよ、昨夜のことは夢じゃなかったんだ」

それにしても、そもそも本当に天祖神社に行く必要があるのだろうか？

昨日は気が動転していたから、弥太郎を頼り切って彼の話を信用したけれど、冷静になって考えると疑問を感じざるを得ない。

気安く女の子に声を掛けるし、平日から酔っ払って飲み屋を梯子してるし、お金をまったく持たずに貉庵に入ってきて食事を要求するし、見た目も不健康そうだし、どことなく性格も変だ。

第一、お世話になっている貉庵を、簡単に辞めるわけにはいかない。

美緒は、とにかく可能な限り記憶を整理しようと、昨夜、弥太郎と神社の境内で話した内容を思い返していた。

『弥太郎さん、森の上に見える、あの空に突き刺さるように、そびえ立っている大きな木のようなものはなんなんですか？』

『ん？　神界樹のことかな？　あれは僕らが〝とこ世〟と呼ぶこの世界を、空から支える柱なんだ』

そうだ……、あの不思議な世界は〝とこ世〟と言われていた。

『空から地上を支えるんですか？』

重力と関係のない概念で巨木は生えていた。美緒の常識的思考が通用しない世界だ。

『空にがっちりと根を張って、天寿を全うした死人《しびと》の魂を運んでいるんだ』

『死んじゃった人ですか……』

『うつし世側にはさ、ちょうど東京スカイツリーがある場所に相当するんじゃないかな？』

『それって、人の世界と、こっちの神様の世界には共通性とか、相似性があるということなんですか？』

『そうだね……。僕は近くて遠い世界だと思っているけど、うつし世はとこ世に重なるように存在してるんだよ』

『そうすると私たちのいるうつし世で、東京スカイツリーのある場所が、こちらのとこ世側では神界樹がある場所になると……』

『そう、他の神界樹のある場所には、東京タワーがあったりしてね。おおむね似たものが具現化しててさ。つまりはとこ世のコピーだからうつし世っていうんだ』

『はぁ、なるほど……』

『けれど、あんまり似ていないところもある。たとえば隅田川の両岸には海抜ゼロメートル地帯が広がってるよね。小さな工場や銭湯が地下水を汲み上げすぎたから、うつし世はずいぶん地盤沈下しちゃった。けれどとこ世はずっと変わらない。そういう変化を起こさないからとこ世なんだ』

『私が、さっき見た川は、堤防のない緑地を流れていたけど、うつし世では高いコンクリートの堤防で護岸されてて、全然様子が違いますよね』

『そう、とこ世では土地が不自然に変化する前の状態のままなんだ。あと、洪水も地震も神々が望まない限り起きない。うつし世で大きな変化があっても、そのうちとこ世に近い状態に自然に戻るんだ』

『高度成長期に沈下した地面もそのうち戻るのかな』

『自然の回復力は、人間の時間感覚に比べてそんなに早くないよ。けど、その分人間は、自分の知恵や科学の力で誤った変化を是正しようとするんだ。知恵や学問は、神様たちが人の心にヒントを与えて発展していく。そうして、いずれあるべき形に位相が調整されて両方の世界の違いは解消されていくんだ』

『人の知恵は、神様が与えてくれてたんだ……』

『実現するのは自分の力でなければ駄目だから、ヒントだけね。だからそのヒントを誤解されると、科学や学問によって災害や戦争などの悲劇を生むことになる。自業自得だけど、過ちは真理にたどり着くためのプロセスだから悲観ばかりするものじゃない』

『ふ～ん。なるほど……』

『料理だって同じさ。うつし世に生まれた全ての素材には、神様のメッセージが込められているんだ。適切に加工し、組み合わせるヒントも全部素材自体の中にある。それを読み取る力、神様からのヒントを受け取る力がセンスであり、才能なんだよ』

『失敗を繰り返して、料理も上手くなっていくんですね？』

『努力と経験の積み重ねさ。僕が一番苦手な言葉だけどね』

『あらら〜、せっかくイイ話だったのに〜。ところで、弥太郎さんの言っていた福禄寿様の食堂のことですけど……』

『うん、美緒ちゃんにこれから勤めてもらう〝福禄寿食堂〟は、通称〝七福神食堂〟といわれる七つの食堂のうちのひとつで、とこ世の神様やいろいろな霊的存在が食事に来る店なんだ。そこは同時にうつし世側にも食堂の入り口〝通戸《かよいど》〟を開いていて、人間も食べに来られるんだよ』

『あのう、その食堂はどこにあるんですか？　うつし世側？　それとももとこ世側ですか？

私の住んでいる花川戸《はなかわど》二丁目のアパートから通えますか？』

『安心して。アパートから言問橋《ことといばし》を渡れば自転車で十分くらいで通える場所だよ。そう、うつし世の天祖神社の鳥居のすぐ近くに食堂の入り口がある。この神社には僕の仕える七福神のひとり、福禄寿の爺さんも祀られている。だから、福禄寿食堂の入り口が開かれているんだ』

『七福神っていうくらいだから、他に六人いますよね？』

『もちろん全部で七人いる。ここは亀戸七福神だけど、他にも谷中《やなか》七福神、墨田川七福神、柴又七福神とこの下町だけでも七福神だらけでね。たくさんいるよ』

『そのそれぞれに、七福神食堂があるんですか？』

『いや、ないところもあるよ。通戸で繋がってないところとかだね。それに神社に必ず通戸があるってわけじゃないし、いつも開いているとも限らない。主宰神の神力や、通戸を司る神〝道反之大神《ちがえしのおおかみ》〟の機嫌にもよるし。ただ、七福神食堂はとこ世とうつし世を繋いでいる大切な場所なんだ』

『だいたいわかりました。それで私は、天祖神社のそばにある七福神食堂のひとつ、福禄寿食堂で働けばいいんですね？』

『そうだね、そこが君の仕事場になる』

『ところで神様ってなにを食べるんですか？』

『もちろん、とこ世独特の食べ物だってあるよ。君もさっき縁日で見ただろうけど……』

『はぁ、あの縁台で売られていたふわふわした透明な……。あれって、やっぱり食べ物なんですか？　綿菓子じゃないですよね』

『うん、もっと霞に近いから人間には食感が感じられないと思うよ。七福神食堂に来る神々は、うつし世のレストランや食堂で提供されているメニューと同じ食べ物を食べたがるんだ。うつし世までよく遊びに行く神様も多いんだけど、いつでも行けるとは限らない。けれど、七福神食堂までなら、いつでも手軽に来られるからね』

『それなら、お食事もお酒も、私が知っている料理をうつし世と同じように振る舞えば良いんですね？』

『まあ、味覚は人間とだいたい同じと思っていいね』

『あのう、さらにまたひとつ疑問なんですけど……』

『ん、なに？』

『神様の寿命は、私たち人間と比べてとっても長いんですよね？』

『そうだね……』

『この福禄寿食堂を今まで切り盛りされていた料理人は、どうされたんでしょうか？』

それを聞かれた瞬間、美緒には気のせいか弥太郎の顔が曇ったように見えた。

『あの店は数百年の歴史を持つ、江戸時代の初期から続く老舗中の老舗だよ。それは……、実は……、最近まで福禄寿の爺さんから店を任されてたのは、この僕で……』

弥太郎は一旦言葉を濁そうとしたが、意を決したように美緒に言い訳をし始めた。

『はぁ？　じゃあなんで、弥太郎さんが自分でお店の料理人を続けないんですか？』

『んん～、つまりだ……。実はあんまり店を開けてないもんで、お客が来なくなっちゃってさぁ』

弥太郎はとても気まずそうに、美緒に告白した。

『それって弥太郎さんが、単に怠慢なだけでしょう』

『いやぁ～、毎日お店開けたり、河岸まで毎朝仕入れに行ったりするのも、仕込みも大変なんだよね。僕はどちらかというと、いろいろな店の酒を飲み歩いて美味い銘柄を探したり、食べ歩いて研究活動をしている方が性に合ってるんだよねぇ……』

なんなのだろう、そのダメ男のような言い分は。弥太郎の話を聞いていて美緒は呆れ返ってしまった。

『仕入れも、仕込みも、お掃除も、料理人ならやるのは当然のことです』

美緒はキッパリ言い切った。

『はっはっは、ごめんねぇ。それで以前から福禄寿の爺さんから、代わりの料理人を探してこいと命じられててさぁ』

『あのですね、そんなに弥太郎さんのやる気が出ないのなら、いっそのことお店を閉めちゃったらどうなんですか？』

『それが閉めちゃダメなんだ。福禄寿の神力、つまりご威光がこれ以上弱まっちゃうと、天祖神社の主神、天照皇大神《あまてらすおおみかみ》に迷惑をかけちゃうし、怒られちゃうんだよ』

『食堂閉めるのと、福禄寿様のご威光となんの関係があるんですか？』

『天祖神社の神域が減ってっちゃう。最悪、なくなっちゃうかも』

『ええっ、そんなことが起こるんですか？』

『そう、神社の勢力圏はその神社のファン、っていうか氏子の数で決まってくるんだ。氏子の信仰力はその神社を信じるだけじゃなく、そこの神社に隣接する食堂の人気も大切な要素になってくる。食堂の評判があがれば、それも神力になる』

『つまり味の良さが評判を呼んで、食べに来てくれる人が増えると、神様の力が大きくなるんですか？』

『もちろん、食堂だけじゃないけどね。お神輿《みこし》を担ぐ人の数とか、縁日に来る人の数とか、おみくじやお守りなんかのグッズの売り上げ、なんといってもお賽銭。それが全部合わさって、神社の勢力圏はとこ世で拡張していくんだ。言うまでもなく、それに準じてうつし世での神域も神力の大きさも決まる。特に食堂で〝美味い〟という言霊を得ることは、とても大きな影響を及ぼすんだ』

『それなら、なおのこと弥太郎さんがお店をほっぽらかして、外でお酒を飲み歩いてさぼってたら、当然福禄寿様に怒られますよね？』

『そうなんだ、散々怒られて僕は仕方なく、酒を飲みながら浅草の料亭や、下町界隈の飲み屋を梯子して歩き回っていたんだよ、七十年以上も。これと思う料理人を福禄寿食堂のために探し歩いていたんだ』

『それで、まんまと私がかかったと……？』

『いやぁ、その言い方は良くないな。僕のお眼鏡に適ったと言って欲しいなぁ』

『それならそれで良いですけど。元々お店を持つのが私の夢だったし、勉強になりそうですから。仮にも神様のお店で働けるなんて光栄なことですしね』

『勉強にはなると思うよ。味にうるさい神様がたくさん来るからね。ただ、ここでの経歴はうつし世の職務経歴書には書けないけどね』

そうだった。とこ世のことはなにひとつ他の人間に言えないのだ。

そうなると、お世話になった貉庵のおやじさんに、どう報告するかが大問題だ。せっかく、蕎麦の打ち方の基本を教えてもらい、力の加減にも慣れてきたのに、「もう辞める」なんて言ったら、おやじさんの期待を裏切り、ガッカリさせるだろう。

しかし、今回は事情が事情なのだ。詳しい説明をしてしまった場合、生まれてから、今までの全ての記憶が消えてしまう。それは美緒の存在自体がこの世から消えてしまうに等しい。だが、なにも説明しないのも失礼極まりないし、心配をかけてしまうだろう。

こうなったら嘘も方便だと考えるしかない。

今日はちょうど豁庵の定休日だ。美緒は『諸事情により急遽実家に帰ります。ごめんなさい。いつか必ず戻ってきます。お世話になりました』というオーソドックスともいえる言い訳を手紙にして、昨夜お店の入り口に置いてきた弥太郎へのメッセージを回収して、代わりに置いてくることにした。

美緒は、朝食を取りながら、直筆で手紙をしたためた。

朝食をほどなく済ませた美緒は、軽くシャワーを浴びると、いつもの普段着、動きやすいGパンに、ちょっとレトロな型のわずかにピンクがかった通気性の良いコットンのボタンダウンシャツに着替え、Gパンのベルトを通す部分に、黄色い小さなお守りを括り付けた。

アパートを出ると、近道の言問橋ではなく吾妻橋を渡り、まず豁庵に立ち寄って、置き手紙を交換。深々と豁庵にお辞儀をして、そのあとに弥太郎が指定した天祖神社の脇にあるという食堂へと向かった。

美緒の目には涙が溢れそうになっていた。ごめんなさい、ごめんなさい、と何度も心の中で呟く。

歩きながら気持ちを切り替えた美緒は、「自分はこれから、神様たちを相手に腕を振るう、とこ世の料理人になるんだ」と決意を固めていた。

まだまだ調理も接客も覚えないといけないことがたくさんあると思うのだが、それは料理を作りながら、その都度覚えながらやっていくしかない。

東京スカイツリーを過ぎて、北十間川を左手に見て川沿いを少し歩くと、コンクリート製の柳島橋が美緒を待っていた。

今日はあの巾着袋も、赤茶色い実も持っていないから、昨日のようにいつの間にかこの世界から離れてしまうことはないだろう。

実際、橋は木造の太鼓橋ではないし、昨夜のように空が黄昏時の薄暗闇に変わったり、行けども行けども続く柳の並木に遭遇するようなことにもならなかった。

上野駅から隅田川を渡って、明治通りと交差する福神橋まで続く大通り、通称浅草通りから、いつものように、天祖神社の入り口である細い路地が見える。

美緒は、周囲に注意を払いながら、路地へと入っていった。昨日は歩いても歩いても参道が続いていたが、今日は一分で天祖神社入り口の鳥居にたどり着いた。

以前、昼間に一度来たことがある天祖神社なのだが、鳥居のすぐ脇に木造二階建ての小さな家屋がひっそりと建っていたことに、そのときにはまったく気が付かなかった。

それはかなり鄙《ひな》びた家屋だった。店の構えではあるが、看板もかけられていない。いったい築何十年になる建物なのだろうか？

平成に建てられたであろう、近隣の民家に比べて、圧倒的に古く、一切修繕もされず打ち捨てられたように佇んでいる。

下町のこの辺りの地域は、七十余年前の東京大空襲で一切が焼けたはずだから、この家屋はこんなに傷んではいても、多分戦後の建物だろうと美緒は勝手に想像した。七十年も手入れを怠っていれば、こんな感じになるだろうと思ったのだ。

近づくと自分が来ることがわかっていたように、その家の引き戸がガラリと大きな音をたてて勢いよく開き、中から弥太郎が顔を出した。

「やあ！　体調はどうかな？　どっか痛かったりしない？」

「おはようございます。体調は万全です」

今日の彼はニコニコして、なんだかとっても機嫌が良さそうだ。美緒を見ると右手を振った。美緒も、愛想良く挨拶を返した。

どうやら今日はまだ、飲んではいないようだ。

昨日、駱庵で会ったときには、へべれけに酔っぱらっていて、言ってることが冗談とも本気とも区別が付きづらかったので、アルコールが抜けているのはとても助かった。

いくらなんでも、うつし世に出るときにはいつも酒を飲み歩いている、というわけでもないのだろうが、今日は昼間から迷惑な酔っぱらいを、相手にしないで済みそうだ。

「福禄寿食堂にようこそ！」

「はい、今日からよろしくお願いします」

美緒はぺこりと頭を下げて、笑って返事をした。

「ここが以前は食堂だったんですか？　看板もないですけど」

「いや、今でも食堂なんだけどね。神力が弱くなりすぎちゃって、この有様さ。開店当初は味が良いって行列ができるほどの評判でさぁ。賑わってたんだけどなぁ」

「そのまま頑張って、営業続けてれば良かったのに……」

「お店の仕事やってると、余所に飲み食いに行けないだろう？　そうなると腰が痛くなっちゃって」

弥太郎は腰を摩《さす》る仕草をして見せた。

なんで、外食できないと腰痛になるのだろう？

自分のことを「人間じゃない」とか「神力がある」とか言っていた癖に、普通に腰痛か？

美緒は心の中で、ツッコミまくりだった。だが弥太郎は美緒の白い目を一切気にしない。

「建物はかなり老朽化してるけど、関東大震災直後に建て直された由緒ある食堂なんだぜ」

大正時代からと聞いて、美緒は自分の予想を遥かに上回る古さに驚いていた。

「この近辺は東京大空襲のとき、あらかたが焼け野原になったって聞いてますけど？」

美緒は聞きかじりの知識で弥太郎に反論した。

また自分をからかうつもりなのかもしれないと思ったからだ。

「確かに下町のほとんどの建物は焼失したんだけどね」

「ですよね」

「ところが、下町が大空襲の戦火に晒されたとき、わずかに周辺だけ焼け残ったという神社の話は、意外と多いんだよ。この天祖神社の石造りのお社も、もらい火こそあったものの、焼失は免れたんだ。そうして空襲で逃げ込んだ人々を、火の手から大勢救ったっていう逸話は有名なんだよ」

「ホントですか？」

「ここの天照皇大神と、福禄寿の爺さんのご威光は強力だったから、戦火なんてなんのそのさ」

「すごーい！」

「まあ、そのついでに僕の神力のおかげでこの食堂も焼け残ったというわけで」

「え？　弥太郎さんのお陰？　本当？　一番最初に逃げそうなのに。そもそも本当は何歳なんですか？」

「なんだか、いろいろと失礼だなぁ……。まあ、いいや」

　と言いつつも弥太郎は、ニコニコと上機嫌だ。

「弥太郎さんの力かどうかはともかく、見たところこの食堂は木造建築なのに、燃えなかったなんて奇跡ですよね。でも大正時代から残ってるんじゃ、だいぶ、老朽化が激しいというか、むしろこれは建て直した方が食堂経営としてはお客様が増えるような気も……」

「せっかくの歴史的建物を取り壊すのは勿体ないよ。最近は大正ロマンな建築物が、いくつか綺麗に直されて大人気になってるし」

彼は彼なりにここに愛着を持っているのだろう。建て直すことは想定外のようだ。

「東京大空襲の被害は凄まじかったけど、たとえ本殿が燃え残っても、七福神食堂が焼け落ちて、とこ世とうつし世のパイプが完全に切れてしまったら困るからね。僕も神力全開で戦火を退けたんだ」

「凄いですね、弥太郎さんホントは、やればできる子なんじゃないですか？　その勢いで経営再建すれば良かったのに……」

「いやぁ、ははは。といったわけでさ、僕はそのときに疲れて力尽きてしまったから、以後はこんな調子で店を閉めっぱなしにして、荒れ放題なのさ。この天祖神社の結界の大きさも、百年変わらないし、食堂に来る人もほとんど途絶えて……、福禄寿の爺さんにも怒られっぱなしさ」

「つまり、まずはこのお店を綺麗に直して掃除して、どんどんお客様が来てくれるお店に変えていけば良いんですね」

「そうだね、情けない話、僕は都合百年くらいずっとさぼってたから、もうセンスが古くなっちゃったんだ。とこ世と違ってうつし世は流行の移り変わりが激しい。神様たちは、新しい料理に目がないんだよ。だからさ、今後この店は、美緒ちゃんに任せようと思ってるんだ。もちろん、責任は料理長の僕が取るから。でもさあ、きっと大変だろうなぁ」

弥太郎は、これで肩の荷が下りた、とでも言いたかったようだが、まるで他人事にしか聞こえない。無責任な態度だ。

「う〜ん、私はまだ料理人の卵です。才能を保証していただいたのは嬉しいし、光栄ですけれど、まずは地道に一歩ずつ頑張っていきましょう!!」

「うん、頼むね！」

「いや、頼むじゃないですよ、弥太郎さんも一緒に頑張るんですよ。だって、料理長なんでしょ？　ちゃんと働いてくださいね」

「ええっ！」

「ええっじゃないですって。私ひとりじゃ、神様たちの好みも全然わからないし、うつし世はともかく、とこ世のお酒も調味料もひとつも知らないし、食材なんて味どころか食べられるかどうかすらまったくわかりません。それに、かつてはこの食堂を大評判にした弥太郎さんの舌の力、頼りにしてますから、ご指導をよろしくお願いいたします！」

「ああ〜、やっぱり僕もかぁ〜」

「当然ですよ！」

「よし！　よく言ったぁ!!」

そのとき、店の奥から大きな声が聞こえてきた。年寄りの男性の声だ。どうやら今までのふたりの会話を聞いていたようだ。

「あ、オーナー。彼女が話していた美緒ちゃんです」

「美緒です。よろしくお願いします」

と頭を下げかけた美緒は、その声の主を見て驚いた。

「あ、もしかして太鼓橋の上にいた、お爺さん……」

「うむ、元気になってなによりじゃ。儂が福禄寿じゃ」

店の奥の方から、ふわっと地面すれすれを滑るように現れた老人は、手に樫の木の杖を持ち、特徴的な大きくて長い頭部と、豊かな白髭を口の周りと顎に蓄えていた。古代中国の仙人か聖人のような容姿。わかりやすく言うと三頭身キャラといった感じだ。

「儂は『福』つまり幸福、『禄』つまり富、そして『寿』つまり寿命を授ける神として人々に崇められておる。人間は儂の姿をひと目見ただけで寿命が延びると信じて、儂の姿を追い求めたり、儂の像を崇めたりしておる。なにもかも皆愚かしいことじゃ」

自分を崇めてくれる人を愚かしいとはどういうこと？　と美緒は思ったが、口にはしない。

「弥太郎さんの推薦で、今度、こちらで厨房に立たせていただきます。どうぞよろしくお願いします」

「うむ、聞いておる。それから、今の弥太郎とのやり取り。なかなか見どころのある娘のようじゃ」

福禄寿に褒められて、美緒は照れくさそうにしている。

「この弥太郎がスカウトしてきた料理人です」

そこで弥太郎が得意気に福禄寿に話しかけた。どうやら、スカウトしてきた自分を褒めて欲しい様子だ。

「ふむ、見どころはありそうじゃが、ずいぶん若い。大丈夫か」

背丈が百三十センチほどしかない福禄寿は、美緒の顔を下から見上げるようにして観察した。

「私の舌が選ばせました。人間はとかく寿命が短い。ですから厨房を長く任せるには若ければ若いほど経験が積めて良いのです」

美緒が若いことはむしろ長所だと、弥太郎は福禄寿に推したいようだ。

「そうかそうか、人間は早死にじゃったな。忘れとったわ」

「あのう、それを延ばしてあげるのが福禄寿様の御利益なのでは？」

美緒は福禄寿のことを、人に長寿を与えてくれる、ありがたい神様だ、とどこかで聞いていたので、違和感からつい口を挟んでしまった。

「ふぉふぉふぉ。与える寿命などせいぜい五年、十年程度。延びてもほとんど気休め程度の話じゃ。星の瞬きほどの刹那じゃのぉ」

「そうですか……」

美緒は人間と神様の思考のあまりのスケールの違いに驚いた。

「それでは頼んだぞい、みぽちゃん」

「はぁ？」

福禄寿は現れたときと同様に、地面を滑るように店の奥側へと進む。そこには、もうひとつ出入り口があった。福禄寿は戸の前で止まると、手を使わずに引き戸をスーッと開けた。そこには、美緒が昨日見た、あの夕闇が広がっていた。福禄寿は振り返ることなく夕闇の奥へと消えていき、戸は音もなく閉じた。

「あの戸の向こうは、とこ世さ。うつし世に繋がる方が通戸、とこ世に繋がる方が常現門というわけだね」

「福禄寿様、帰っちゃったんですか？」

「ああ、当分寝てるだろうね。眠そうだったから」

「私の名前、憶えていただけなかったみたいです……」

「まあまあ、あれだけ長く生きてるとさ、人の名前とかそんなツマラナイ、些細なことには頓着しなくなっちゃうんだろうね。傍から見たら物覚えが悪くなってきているようにしか見えないかもだけど、美緒ちゃんの名前は今度改めてよく覚えてもらうからさ、今日のところは勘弁してね」

「長寿を司るほどスゴイ神様なのに、記憶が曖昧になっちゃうんですか？」

「人ってさ、長く生きることができないから懸命に努力して、技術力も記憶力も高めていくんだよ。神様がのんびり呑気にしているのは、その逆だからかもね」

「そんな長寿だったら、あんまり嬉しくないかも」

「まあ、学問方面にはまた別にそっちを司る神様がいるから、役割分担ってことで。もっともそれは七福神じゃないけどね」

「とにかくわかりました。オーナーである福禄寿様の意向は自分なりに理解しましたので、料理人として仕事に励ませていただければと思います」

「ハイ、そうしてください。今度来たときにお店が流行ってるのを見れば、福禄寿の爺さんだって神力があがって、自身の記憶力も鮮明に回復する、良いスパイラルが起こるかもしれないからね」

「なるほど……」

美緒は驚いた。神力が回復するっていうことは万難を排することに繋がるわけだ。

「人間じゃなく、神様だからね。あらゆる困難を排除して、選択可能な未来をたくさん切り開く力を持っているってことさ」

弥太郎は腕を組んで、さももっともらしい言い方をした。

「そうですか、それじゃあ私、責任重大ですね。頑張らねば！　では早速外壁の塗装や、店内掃除と設備の修繕、そして看板の交換辺りから始めたいです。看板ないとダメですからね」

「そうだね、いい感じのを買ってくるなり、作るなりして取り付けて欲しい。ただし……」

「？」

「実際に外壁を直すのは、このとこ世側から見た建物だけだからね。僕たちとこ世の者は、うつし世に直接大きな変化を与えてはいけないいんだ。うつし世は人の手で変化させないとね。あ、でも材料はうつし世で買ってきて良いんだけどね。あと行くには、そこに居る『道反之大神《ちがえしのおおがみ》』の許しが必要だ」

「え？」

「あ、ホームセンターは、北十間川のちょうど向かい側、順天堂《じゅんてんどう》の祠の隣に架かる境橋《さかいばし》を渡ったところにあるよ。家具も工具もなんでも揃うから便利なんだ」

「いや、そんなことよりも、そちらにいらっしゃる神様の許可がないと、うつし世に出られないって……」

美緒は、慌てて自分がさっき通ってきた通戸に手を伸ばし開こうとした。

「あ、開かない！」

まさか、うつし世に帰れなくなってしまったのでは！

焦る美緒に対し、弥太郎は落ち着いた表情だ。

「美緒ちゃん、あの黄色い小さなお守りを見せてくれるかな？」

「あ、それはここに……」

美緒はGパンに付けてある、鶴の刺繍の入ったお守りを指さして見せた。

するとさっきまで、戸の近くにうずくまって、岩のようにまったく動かなかった神様が顔だけをゆっくりと美緒の方に向けて、お守りを見ている。

「やあ、おはよう道反之大神。ちょっと美緒ちゃんを、うつし世に戻したいんだが、頼めるかな？」

「……わかった。では二時間だけ繋ぐとしよう……」

地面に響くような道反之大神の低音の声。音量は小さいが、圧力が凄い。

「ありがとう、道反之大神。それじゃあ、美緒ちゃん。気を付けていってらっしゃい。二時間でここに戻らないと、うつし世の記憶が消えちゃうから、必ず時間は守ってね！」

「え？　えええ？　それって、どういうことですか？」

美緒は焦りの表情を隠せない。

「ん～。だから美緒ちゃんは、この福禄寿食堂の料理人という、神職に就いた者、『とこ世の神の使い』としてうつし世に向かうってことだよ」

「じゃあ、いつでも自由にうつし世に戻れるわけじゃ……」

「……ない。……一定の神力、僕や福禄寿の爺さんの神力をそのお守りに溜めて、そして道反之大神に頼んで、やっと向かうことができるんだ」

「そんな……。騙された！　酷いですよ弥太郎さん。帰れるって約束したじゃないですか！」

美緒は目を潤ませて、弥太郎に訴えている。

「ごめん……。って謝るべきなんだろうな。でも、これが、今の僕の精一杯なんだ」

「それじゃ、私はもう二度と花川戸のアパートには、……私のウチには帰れないってことなんですか？」

弥太郎は、手を左右にブンブンと振りながら答える。

「いや、そんなことはないよ。神力を溜めれば、また一晩くらいは帰ることができるから、安心して！」

「安心できません！」

「だからさ、頑張ってこの食堂を盛り上げて、神力を高めていけばもっと自由になれるから。自分の力で未来を勝ち取るしかないんだよ。もちろん、僕も協力するから」

「……」

美緒は、ちょっとの間だけ呆然としていたが、すぐに気持ちを切り替えた。

「今の私にはそれしか選択肢がないんですね。わかりました」

そう言って顔をあげた。

「時間がありませんからすぐにホームセンターに行かないと！　行ってきます」

戸を開けて、外に出て振り返って見る。

今朝、美緒はとこ世の料理人というから、いったいどんなことをさせられるのかと緊張してこの福禄寿食堂に赴いた。そのときのままの、古びたボロボロの木造の家屋が目に入ってきた。

美緒の目にまた涙が溢れてきたが、それをハンカチで拭うと、すぐにホームセンターに足を向けた。どんな状況であれ、料理人として生きることは、望んでいた道なのだ。お店を一からリスタートさせるのも修業の内だと思い直して、大工道具や、お店の中の装飾に使えそうなものを買い出しに出かけることにした。

川向こうにある、大きなホームセンターは品数も豊富で、買い物はスムーズだった。それと不思議なことに、流行っていないように見える福禄寿食堂の準備資金は潤沢のようで、お金には困っていないらしく、立て替え金の精算はその場ですぐに行われた。さすが「禄」を司る神様である。これなら、お店の内装もきちんと整えることができるし、将来自分のお店を構える予行演習としても最適だ。

そうだ。福禄寿様のご威光を強くしていって、結界線の領域を拡大して神力をどんどん強めていけば、自分も自由にとこ世とうつし世を行き来できるようになるかもしれない。

神界の仕組みや事情なんて、自分のような小娘にわかるはずがないけれど、美緒は弥太郎から教えられたそのままに話を信じ、受け入れることにした。

結局、自分にできるのは美味しい料理を作って、お客様に満足してもらうことだけなのだ。

美緒は店の準備を整えて、少しでも早くここで営業が開始できるように努力する覚悟をしていた。それに、なんといっても、初めて自分に任されたお店なのだから。

第四章　福禄寿食堂の新メニュー

美緒が福禄寿食堂で働き始めて七日め、遂にこの店の看板ができ上がり、内装も完成に近づいていた。

美緒は、毛筆で大きく『福禄寿食堂』と書いてもらうように依頼した。力強く読み易いと弥太郎は気に入ったようで美緒は一安心だった。

改めて看板を掲げるにあたって、違う名称にすることもふたりは検討してみたが、この食堂が亀戸七福神グループのひとつ、福禄寿様の食堂であるを強調するためにも、やはりこのままにしようということになった。

美緒はいずれ七福神巡りの際に、それぞれの神社に隣接する食堂を食べ歩くモデルコースをいくつか作って、御朱印集めと一緒に楽しんでもらいたいという、大きな構想を考えていた。

「本格的なお食事だけじゃなくて……、お茶とお団子で軽く休憩できたりとか、寒い日にはお汁粉、暑い日には抹茶ミルクでかき氷なんかもいいなぁ……」

楽しそうに独り言を言いながら、業者が真新しい看板をトラックから降ろして、入口の上に取り付けている様子を美緒は感無量で見詰めていた。

（私が初めて任されたお店の看板だ。よーし、頑張るぞ！）

そう張り切っていると、通りがかりの男性がひとり、看板を見上げていることに気が付いた。スーツ姿の中年男性で、黒い鞄を手に提げている。営業中のサラリーマンといった感じだ。

「ほう？　こんな所に新しい食堂ができるのか、楽しみだな……」

それを耳にした美緒は、さっそく彼に一声かけた。

「はい、福禄寿食堂といいます。一週間後に開店しますので、是非ご昼食のときにでもいらしてください」

「お店の方？　そうだね、ここだと会社から少し遠いけど、必ず一度は寄らせてもらうよ。ところで、どんな感じのメニューなの？」

「創作和食をベースにした、家庭的な感じなんですけれど、軽食から本格的なものまで幅広くご提供していきたいと思ってます！」

「へ～、そりゃあマンネリ気味だったランチのバリエーションが増えて嬉しいな。開店を楽しみにしているよ！」

男性は軽く手を振りながら去っていった。この後、仕事に戻るのだろう。

「どうぞ、お待ちしております！」

美緒は手を振って、元気よく見送った。

「どうですか？　弥太郎さん。木目の温かい質感を生かした、田舎風の内装は？」

美緒が店内に戻ると、弥太郎がキョロキョロとあたりを見回していた。戸のすぐ脇のテーブルには、今日も道反之大神が岩の塊のように鎮座しているが、美緒は気にしないことにした。

「ん～、いいんじゃないかな？　落ち着けるし、上品で古めかしくない色合いだし。若者からお年寄りまで安心して寛《くつろ》げる店って感じがするよ。参拝客だけじゃなく、食事目的で来てくれる人も増えそうだね」

「でしょう？　これも福禄寿様や弥太郎さんが、改装に必要なお金を惜しまず出してくださったおかげです」

「あははっ」

なぜか弥太郎は気まずそうに笑い、髪の毛先を指でくるくると触りながら、美緒から目を逸らした。

「話は変わるけど、美緒ちゃん。『七福神巡り』っていつ頃から始まったか知ってる？」

今後の店の運営方針や構想にも関わりそうな話だと、美緒は弥太郎の話に関心を示した。

「あ、ぜひ聞きたいです。あまり詳しくないですから」

弥太郎はテーブルの縁《ふち》に軽く腰掛け、指先で食卓の木目模様をなぞりながら、昔話を始めた。

「むかーし、むかし徳川家康《とくがわいえやす》っていう偉そうな人が居てさ。江戸幕府を作った人なんだけど……」

「それはさすがに、知ってますって！」

「その家康のプロデューサーの天海僧正《てんかいそうじょう》が、提案したんだよ。観光やエンタメとして江戸の庶民に『七福神巡り』を流行らせようって」

「へ〜、でもエンターテイメントなら、歌舞伎みたいな演劇とか色々あったんじゃないんですか？」

「絵モノとか、劇モノとかってさ、けっこう幕府に反抗的な内容になったりしがちなんだよね。そこへいくと七福神巡りはそういった心配がなく、庶民の不満のガス抜きになる娯楽を提供できるんだよ。『七福神』って言葉が初めて書物に登場したのは、室町時代だったと思うんだけど、ウチの福禄寿の爺さんにしても、もっと昔から神様してたし、元々は大陸の方から来たんだけどね」

「え〜、七福神って日本の神様じゃなかったんですか？」

「恵比寿爺さん以外は結構いろいろな国の神様が、日本の土着の神様に混ざり合っちゃってる。それでさ、『家康様は七つの徳を持っている！』なぁんて天海は家康をおだてあげて、長寿、富、人望、愛情、正直、威光、大量の七つの福を古来からの七神にテキトーにあてはめて、絵に描かせちゃったんだ」

　美緒は、とこ世で最初に見た、あの参道の風景を思い出していた。古い日本風建築物に、不自然に混ざり込んだような、中国やインドやその他の国々のデザイン……。その理由は七福神の由来にあったのか、と。

「結局さ、家康の威光を江戸庶民に浸透させ、観光政策のひとつとして七福神の絵を流行らせるために、七福神を崇めることを推奨したんだよ。それが七福神巡りの始まりってわけ。ところが、思った以上にブームになっちゃってさ。で、それから次々と七福神巡りの神社グループが増えてって、谷中、墨田川、浅草、深川、亀戸、柴又《しばまた》、日本橋、港《みなと》、と江戸城下と下町周辺だけでも、たくさんの七福神のグループができ上がっていったんだ」

「それじゃあ、七福神巡りって天海さんのアイデアだったわけ？」

「まあ、本人はそう思ってるんだろうけど、前にも言った通りヒントを与えたのは神々の方さ。うつし世の姿は、神話の時代から続く、とこ世の理《ことわり》に従いうつし出された因果であって、人々はめぐり逢いと別れを繰り返し、街が造られ、壊された結果の風景なんだ」

「じゃあ、私のお店作りやメニュー作りのアイデアも神様が与えてくれているの？」

「うん、そうとも言えるし、違うとも言える。素材やヒントは世界中に散らばっているけれど、それを集めて組み合わせを試して、加工し、建物や料理に仕上げるのは人間にしかできない仕事だよ。神様からのメッセージを具現する力が、センスや才能なんだ。美緒ちゃんはそれを持っているんだから自信を持ってね！」

　改めて、弥太郎は美緒を元気づけた。

「わかりました！　私、今日からはメニュー作りに専念します」

「うん、それがいい。早く店を開けないといけないからね。気まぐれに、爺さんが見に来て、怒りだしたら困っちゃうからな。あ、そうだ。僕はこれから野暮用があるから、ちょっと出掛けてくるね」

「あっ待って弥太郎さん。まだ相談したいことが……」

呼び止める声も聞かず、弥太郎はとっととどこかに消えてしまったので仕方なく、美緒はひとりで新メニューの開発に取りかかった。改装工事中に昔のメニューなどを記録した紙束を見つけたものの、古すぎて参考にはならなかった。他になにかないか訊ねたかったのだが……。

「蕎麦の作り方も谿庵に比べて古い……。仕方がない、明治の頃のメニューだもんね……」

と美緒は、ふぅとため息を吐いた。

神様たちは、うつし世で評判を呼んだ、新しいメニューを好んで食べたがると弥太郎は言っていたが……。下町らしい伝統を感じて、なおかつ目新しい食材はないかな。と、美緒は過去に友人と食べ歩いた店の料理を思い出し、メモ用紙にボールペンを当てた。が、ぐるぐる悪戯書きをするだけで、アイデアが文字にならない。

「ああ、神様ぁ～」

よく考えると、神様にお出しする料理のアイデアなのに、神様にひらめきをくださいと祈っている……。美緒は心の中で、クスッと笑ってしまった。

浅草、上野、日本橋、銀座と東京の下町には有名な洋食屋さんが何軒もある。明治、大正、昭和と繰り返し洋食ブームが起きたからだが、七福神《うち》食堂で出すなら、基本はやっぱり和食だろうと美緒は思う。ただ下町の洋食は、本格的なフランス料理のようなものではなく、カスタマイズされた『下町風洋食』だ。だからこれも既に和食の一種とみていいだろう。

下町らしくて飽きのこないメニュー……。山の手に対して下町は川と東京湾……。そうだ、それなら『貝』を生かした炊き込みご飯みたいなものはどうだろう。

アサリを使った『深川めし』はすでに有名すぎて、オリジナリティがないし、意外性を出しにくいからインパクトが出せない。まず、最初に看板メニューとして名前を「天祖丼」にして、それから中身を考えてみよう。名前、意図、中身の順に考えていくのだ。

使う貝についても、アサリ、ハマグリ、シジミと色々な種類がある。名前に深川という地名が付く深川めしも、深川だけで出されるってわけじゃなし、亀戸天神の近くの割烹は、亀戸大根とアサリの鍋飯で有名だ。

そう言えば、東京駅の東海道新幹線の駅弁「品川貝づくし」は駅弁ファンには人気の定番メニューだ。とすれば、天祖丼をお弁当やお持ち帰りができるようにするのもいいかもしれない。深川めしも現在はあさりだけど、昔は隅田川河口で採れたアオヤギを使っていたらしい。ならば、いっそ原点に戻ってこのアオヤギを使ってみては？　遠く昔から愛された食材を今風にアレンジすれば、温故知新の天祖丼ができそうじゃない？

美緒は自分の思い付きにワクワクしてきた。

「決めた！　ご飯に使う貝はアオヤギも試して見よう」

そう考えた美緒は、通戸を通って近所のスーパーに買い出しに出ようとした。

が、戸が開かない！

美緒の耳に地に響くような、太く低く小さな道反之大神の声が届く。

「……今は、……美緒、……出られない。……まだ、……無理。……もう少し、……待て」

うつし世へ出るには、道反之大神の力が必要だと、弥太郎が言ってたことを美緒は思い出す。

「お願いです、通戸をうつし世につなげてください道反之大神様。どうか、お願い申し上げます。私、新しいメニューを作るために買い出しに行かなくてはならないんです」

「そりゃあ、無理だよ美緒ちゃん。まだ神力が溜まり切ってない」

突然、背後から弥太郎の声が聞こえた。いつの間にか、美緒の後ろに立っていたのだ。

「やだ、いつの間に帰ってきたんですか弥太郎さん！」

「たった今さ。ところで、貝を使ってみたいんだって？　それなら冷蔵庫の中を見てごらんよ」

厨房には一昨日運び込まれたばかりの大型の業務用冷蔵庫が設置されている。

「冷蔵庫って弥太郎さん、いつの間に食材の買い出しに行ったんですか？」

不思議に思いつつも、美緒は大きな冷蔵庫のドアを開けて中を覗き込んだ。そして豊富に揃えられた食材の中から、アオヤギを見つけ出した。

「これを殻つきのまま、味噌汁の具に使ってみます」

美緒はアオヤギを手に炊き込みご飯を試す前に、味噌汁を作り始めた。まず味噌汁を試し、相性次第では定食に添えるか、ぶっかけ飯にするか、試食をして決めることにした。

「お！　お味噌汁のいい香りがしてきたね。……そろそろ、ちょっと味見したいなぁ」

「ハイ、どうぞ……」

いつも弥太郎は、突然いなくなるし、知らないうちに帰ってきてるし、困った人だと美緒は思いながら、できたての味噌汁をよそったお椀を渡した。

「うん、甘口の江戸味噌か。濃い赤褐色に白い貝がキレイだ。さっぱりとした悪くない味だね」

「はい。アオヤギは近頃、味噌汁にはあまり使われないみたいですけど、どうですか？」

「そうだね。でも一応、オーソドックスにアサリの味噌汁とも比較してみようよ。……ところでさ美緒ちゃん。ホンビノス貝って知ってる？」

弥太郎が美緒が聞いたこともない貝の名前を言った。

「いえ、聞いたことがありません」

「え〜、最近じゃTVでも話題の船橋の特産品だよ。アサリもホンビノス貝も冷蔵庫に入っているから、試してごらん。もっと濃厚な味が出せるかもしれないよ。おっと時間がない、またちょっと出かけるわ」

弥太郎は店の奥側、常現門の引き戸を開けて、とこ世の夕闇に再び姿を消してしまった。

真新しい厨房にひとり残された美緒は、彼が言った貝の名前が気になり、スマホで検索を始めた。するとホンビノス貝に関する検索結果が幾つも画面に表示された。

ホンビノス貝は外来種だ。日本では一九九八年に千葉で発見されたという記録があるが、本格的に食べるようになったのは最近のことらしい。原産地は北アメリカの東海岸とある。

日本の名産地は船橋だというから面白い。もっとも、昔から船橋はアサリやハマグリなどの貝類が水揚げされてきた所ではあるのだが、東京湾の水質汚染が酷かった高度成長期には壊滅寸前になっていた。それが水質の著しい改善と共に水揚げ量も回復し、最近はホンビノス貝がヒットしてTVなどで報道され、船橋漁場復活の象徴になっているそうだ。

美緒は自分が、料理修業に没頭するあまり、こうした新しい食材にまで目が届かなかったことを反省した。これから店を繁盛させるには、TVや雑誌などメディアにアンテナを広げることも大切だ。

ホンビノス貝のサイズはハマグリより少し小さめでアサリより大きく、ハマグリに似た形だが殻は左右対称で、非対称のハマグリとは異なる。殻の色は多少白いが、逆に中の身は黄色が強い。大き目のスーパーにしか扱いがないが、価格はハマグリの三分の一でコストパフォーマンスは抜群だ。

さっそく美緒は、冷蔵庫の中を探してみた。難なくネットで見た特徴通りの貝を見つけることができた。弥太郎は美緒がメニュー作りに勤しむことを予見して、予めいろいろな食材を仕入れていたのだ。これも美緒が自由に、うつし世に仕入れに出られないからなのだろう。

美緒はまず、ホンビノス貝を第一目的である、炊き込みご飯にして、味の広がり方を調べることにした。と同時に、アサリを味噌汁にしてアオヤギと比較してみる。

アオヤギはアサリよりも身が大きく弾力のある食感で、味も濃厚だ。食わず嫌いな人でなければこのメニューは喜んでもらえるという確信が持てる。ただしアサリやハマグリ同様、水揚げが減少しているため、価格高騰の可能性があり、供給の安定面で心もとない。それに地元のお客さんたちから見たら、いまさら感があるのも否めないだろう。

混ぜご飯を考えた時点から、味付けには半田素麺の麺つゆを使おうと決めていた。出汁に使う素材は地域によって異なるが、美緒の母親の作る麺つゆは、干しシイタケ、かつお節、あごだしの三種類を全て使う。

出汁の取り方は素材によって異なる。

まず干ししいたけは水で一晩戻して、じっくりと旨味を抽出する。かつお節は沸騰して火を止めたお湯に入れたら、鍋底に沈むまで待つ。あごだしは水に半日ほど浸しておいた焼きあごを水ごと火にかけて中火で煮て、沸騰直後に火を止めて冷めるのを待つと、金色の綺麗な出汁が取れる。この三つを合わせて濾した出汁に、徳島産のうす口醤油とみりん、酒を入れれば特製麺つゆの完成だ。

美緒はこの麺つゆを使って「天祖丼」を試作してみることにした。

米を研いで、いったんザルに上げ、水けをきる。

炊飯器に研いだ米を入れ、作った麺つゆと同量の水を入れて、貝を散らす。そして普通に炊飯して、炊き上がった後に十分蒸らししたら完成だ。

さてこうしてでき上がったホンビノス貝の混ぜご飯の味はどうだろうか？

ホンビノス貝は身が大きい分、味も大味ではないかという先入観があったのだが、意外と身が濃厚で歯ごたえも丁度いい。しかもその濃厚な旨味が炊き込んだ御飯に染み渡たり深みのある味に仕上がっている。

これに麺つゆを作ったときの出汁を添えて、お出汁の茶漬けを楽しんでもらっても面白いかも知れない。

後はホンビノス貝という名前のイメージだ。スーパーで手軽に入手可能になったとはいえ、聞き慣れない外来種なのだから、怖がられる可能性はある。

仕入れ値が安く、安定供給可能なホンビノス貝を使う炊き込みご飯は、やはりメニューには入れたい。偏見を取り去るには実際にお客様に食べていただき、味を確かめてもらうしかない。

そうだ、最初は試食の小皿をお客様に出してみよう。

元来、下町の人々は食べものに対する好奇心が強い。たとえ収入が少ない日でも、宵越しの銭は持たないとばかりに、飲み食いにお金を使ってしまうのは相変わらずだ。ただし、アサリ飯のメニューも同時に用意しておこう。保守的な面も同時に強いのだから。

あさりが旬の時季には味噌汁の具にするのもいいだろう。

七福神巡りは、新春に行うのが本来の形だ。

神社で御朱印をいただく時、とても寒くて体が冷え切ってしまう。だから途中の七福神食堂で体を温めるメニューがあれば、必ず喜ばれるはずだ。

昨今は健康ブームだから減塩のお味噌汁を作れば、ご高齢の参拝客には広く喜ばれそうだ。みそ汁で食欲が湧いたら、ぜひ天祖丼を召し上がってもらいたい。

もっと体を温めたいお客様のために甘酒も用意しておこう。大晦日からの二年参りや初詣などで喜ばれる定番メニューだし……。

貝にも旬があるのだし、季節ごとに貝の種類を変えた貝飯というのも面白いだろう。

これからの季節は、アサリやトリガイ、サザエもいいかも。秋から冬に向けてはツブ貝やホタテが美味しい。そうすれば一年を通じてお客様には必ず喜んでいただける。

アサリは卵を産む前には栄養を体に溜め込んでいるので、特に身がぷっくりとして味が濃くなる。時季によってはホンビノス貝より濃厚な味になるだろう。天祖丼の貝は季節毎に入れ替えた特別メニューも用意しよう。

それから数日、美緒は看板メニュー、天祖丼と貝の味噌汁作りに没頭していった。三日目には、美緒は自分でも一応納得できる味噌汁と炊き込みご飯の味が出せるようになった。

でも、後ひと工夫なにかが足りない。

美緒は貝の量や隠し調味料などを変えて試行錯誤を続けていたが、弥太郎はその間に一度も店に現れなかった。でも美緒はホンビノス貝を用意してくれただけでも大助かりだと思った。

美緒は、弥太郎の力を当てにせず、ひとりで新メニューを完成しようと懸命に努力を重ねた。

「できた、この味だ！」

炊きあがった混ぜご飯を口に入れ、美緒は納得の表情を浮かべた。

その時、店の常現門側の引き戸を開けて、静かに誰かが店中に入ってきたのに美緒は気付いた。外には準備中の札がずっとかけっぱなしだ。それに、内カギをしっかりかけていたはず。

なんで店内に入ってこれたんだろう？

「こんにちは」

聞いたことのない男の声がした。不気味なほどに静かな声だ。

「はーい、すみません。まだお店は準備中なんですが……」

美緒は厨房からホールに出て、男に声をかけたが、店内に入り込んだ男は一向に動じる素振りを見せない。じっと佇んで、店の中を冷静に観察している。

男は目深に被っていた帽子を取って、マスクを外した。

その顔は正に魚そのもの、川魚の鱒《ます》のような顔をしていた。両目が左右の方向に飛び出ている様子は、ハゼのようでもある。とにかく人間の顔ではない。

「こちら、福禄寿食堂さんですよね……。改装されて看板も立派になりましたねぇ。いえねぇ、ずいぶんと羽振りもいいようですし、この借用書にある利子の分だけでもお支払していただけないかと思いましてね。私どもはずいぶん前からこちらにご用立てしているものでしてね」

その男は、鞄の中からファイルを取り出し、中から一枚の紙を美緒の方に向け、よく見えるように広げて見せた。確かに金銭借用書と書かれている。

書類の一番下のサインは、崩れた草書体だが〝伊勢弥太郎〟と書いてあるのが辛うじて読める。

そのほかは、梵字のような読めない文字、異界の言葉で書かれているが、その住所がうつし世のものではないことだけはわかった。

容姿が仮に普通の姿だったとしても、この男は普通の金貸しではない。それくらいは世間知らずの美緒にだって分かる。いわゆる裏の世界の金貸しなのは間違いない。

「あ、あの。えぇっとですね。今、店主が留守でして、私ではお金のことはわかりません」

「ほうほう、それは困りましたね。私共の主人も随分と長く返済をお待ちしていますもので。どこにいるか分からない、知らないと言われても、ハイそうですかとは帰れないんですよ」

「あのう、つかぬ事をお伺いしますが、そのお金をお借りしているのは……？」

「ほら、ここに書かれているように伊勢弥太郎さんですよ」

「弥太郎さん……」

美緒は、店の修繕費や看板代など、弥太郎の支払いがあまりにもよすぎな気はしていたのだ。これで逆に美緒は少し納得した。

「そうです、こちらのお店の料理長の弥太郎様ですよ」

「あのう、とっても聞きづらいんですけど、弥太郎さんはどなたにお金を借りているんですか？」

「これは自己紹介が遅れまして申し訳ございません。私どもは、水神社中《すいじんしゃちゅ》と申します」

思った通り貸し主は、とこ世に住まう神様だった。

「つまり、水神様にお借りしているんですか……」

美緒は頭がくらくらしてきた。

神様にお金を借りたうえ、滞納までしているなんて、もう駄目かもしれない。

「実は……、弥太郎様は大層お金の使い方が派手な方のようですので、私どもとしましてもご希望の金額をお貸しするのはとても躊躇《ためら》われました。しかし谷中の弁財天様の御紹介状を白蛇が届けにきましてね。これはお断りできないと、うちの主人も特別にお貸しした次第で」

「弁財天様の紹介状？……」

他の神様の紹介まで使って借りたのなら、きっと大金に違いない。弥太郎は一体どうやって返すつもりだったんだろう。

果たして自分の力で返す気があったんだろうか？

弥太郎と弁天様っていったいどういう関係なの？

美緒の頭の中に、次から次へと疑問が湧いてくる。

「では仕方がない。一部だけでも回収させて頂きますよ。店内のテーブルやら椅子やら棚やら、それに立派な冷蔵庫。金目のものすべてに差し押さえの赤紙を貼らせてもらいますね？」

「ちょっ、ちょっと待ってください。このお店はやっともうすぐ開店なんです。赤紙貼られて、お店が開けられなったら、もう水神様にお借りしたお金だって絶対に返せませんから。だから赤紙は勘弁してください」

美緒は必死に魚顔の男の行動を止めた。

「おやおや、それは困りましたね……」

男は差し押さえ作業を止められ、どうしたものかと考えている。

「私は雇われてるただの使用人なんですですから、どうか弥太郎さんに直接ご相談ください」

美緒は水神様のお使いに必死に懇願するが、魚の顔をした男は聞く耳を持たない様子だ。

「弥太郎様、最近とんと見掛けませんが。もしや私どもを避けているようにも思えましてねぇ」

「そんな……」

「ああ、そうだ。それならば今日は、あなたを代わりに連れて行くのはいかがでしょうか？」

「ええっ、なんで私？　このお店のただの従業員なんですけど、あれバイトだったかな〜？」

「どちらでも結構。ただの従業員なら店の備品と同じでしょう。それも差し押さえ対象ですし」

「そんなぁ〜。ま、ま、ま、待ってくださぃ〜。私がいなくなったら、もうお店を開けられませんから。それこそ借金を返す当てがなくなっちゃいますよ」

「う〜ん、それも困りますね。さて、どういたしましょうか？」

　男は本気で困っているのか、弥太郎の代わりに美緒を水神様の元に連れていくことしか思いつかないといった顔だ。美緒は男の沈黙に強い身の危険を感じ始めた。

「あの、私が必ず弥太郎さんを捕まえて、そちらにご連絡させます。この店の開店後の売り上げも、なるべく最大限返済金に充てさせてますから、今日のところはお引き取りください」

「ふ〜む、本当に弥太郎さんどこかに隠れていませんか？　戸棚の中とか、床下とか」

　そう言って水神の使いの男は、くんくんと鼻を鳴らして匂いを嗅ぐ素振りをした。

「断じていません！」

「嘘はいけませんよ、お嬢さん。嘘はねぇ」

「私、嘘なんかついてません」

「では、今後このお店が開店したとして、本当にお客さんが付いてくれますか？　天祖神社の神力を大きく伸ばすことはできますか？」

水神様の使いを名乗るその男は、疑うような上目遣いの眼差しで美緒を睨みつけた。

「大丈夫です！　開店したらお客様は必ずたくさん来ます。それは私が保証しますから」

「貴方が保証!?　ふーむ、なにか根拠はありますか」

水神の使いはその疑うような眼差しを、一向に変えようとはしなかった。

「少し待って頂けますか？」

美緒は返事を待つまでもなく、奥の厨房に飛び込んだ。

魚男はその後ろ姿をじっと見ている。

どこかに逃げ出さないように美緒の姿を捉えているのだ。

厨房からはなにやら音がしていたが、しばらくして「よし！」という美緒の声が上った。

「これがその保証です」

そう言って美緒は盛り付けた料理をお盆にのせて、厨房から男の前に運んできた。

混ぜご飯と味噌汁だ。

「ほほう、私になにか食べさせて頂けるのですか？　こう見えても私は食事にはうるさいですよ。食べるだけが生き甲斐なんです。そんなことをして逆効果になっても知りませんよ」

男の脅しの言葉に屈することなく、美緒は笑顔で男に会釈し料理を勧めた。

「これが私が考案した、看板メニューです。どうぞお召し上がりください」

「ふむふむ、あさりのお味噌汁と……。これは、深川めしですかぁ？」

男は美緒の出したどんぶりに顔を近づけて、匂いを嗅いだ。

「特製炊き込みご飯で、天祖丼といいます。貝はアサリではなく、ホンビノス貝です」

男は天祖丼と箸を持ち、一口目を口にした。そして味わうようにゆっくりと口を動かす。

「なるほど、初めて食べる貝の味だが美味しい。アサリより身が大きくて歯ごたえがありますね。貝に出汁がよく染みて噛むと、滋味豊かな味が染み出してきます。それにご飯の炊き加減が貝によく合って香ばしい。ご飯に貝の出汁が程よく染みて、なんて美味しいんでしょう」

男の魚顔からは読み取りにくいが、箸を動かすうちに、目の奥が微笑んだように思えた。

「御飯が半分くらいになったら、ぜひそこにこの特製出汁をかけてみてください」

「おおっ」

男は美緒に言われるまま、御飯に出汁をかけ、お茶漬けのように勢いよく掻き込んだ。

美味しい食事は、人の気持ちを変える力を持つ。美緒の座右の銘だ。

とこ世でもうつし世でも、人でも神でもそれは変わりはしない。

「いかがですか？　これが借金の返済をお待ちいただくこのお店の保証です」

「なるほど美味い……。この天祖丼でお店をはやらせる、というわけですね」

「……」

美緒はじっと男の次の言葉を待った。美緒の待ち望んでいる言葉は、たったひとつだ。

「わかりました。この味に免じて借金のご返済、今しばらくお待ちし、様子を見ましょう」

「ありがとうございます!!」

美緒は男に深々と頭を下げて礼を言った。

彼女の作り出した新しいメニュー天祖丼が、借金取りの男の心を動かしたのだ。

男は天祖丼を美味い美味いと残らず平らげ、おかわりまで要求した。それもしっかり残らず平らげると、機嫌よさそうに帰っていった。その後ろ姿を見送りながら、美緒は小声で呟いた。

「弥太郎さんたら、帰ってきたらタダじゃおかないから……」

その声が聞こえたのだろうか、どこからか声が響いてきた。

「もう行った？　借金取りは？」

その声は紛れもなく弥太郎だが、姿は見当たらない。

「弥太郎さん？　どこにいるんですかぁ、もう借金取りは帰りましたから出て来てください」

と言いながらも美緒は、店の常現門の引き戸の内カギをそっとかけた。

美緒が振り返ると弥太郎が立っていた。いったいどこに隠れていたのか。

「いやぁ、水神様には参ったなぁ。もう百年も前に借りた金なのに、執念深いったらありゃしない。それに見ただろう美緒ちゃんも」

「なにをですか？」

「証文に書いてあった金利だよ。返済残高が借りた元金の三倍以上に膨れ上がってる。水神の野郎、全く暴利だよな」

「コホン、お金の使途は、このお店の改装費として借りたんですよね？」

「うっうん……それはそうなんだけど」

「百年前に？　そんなわけないですよね？　いったいそれをなにに使ったんですか？」

本当のことを答えるそぶりを見せない弥太郎に怒りの感情が胸に込み上げてきて、美緒は思わず弥太郎の胸倉を摑んで彼の体を揺すぶっていた。

「私、さっきはすごい怖かったんですよ。お店には私しかいなくて、一人ぼっちで。弥太郎さんはどっかに行ったまま帰ってこないし……。私、あなたの作った借金のカタに水神様の人質に連れていかれるところだったんですから。わかってますよね？」

「それはそのう……」

「言わなくてもわかります。全部飲んじゃったんですね」

「すまん……。全部じゃないないんだが……」

「残りは食べたんですか？　弁天様も弁天様ですよ。こんな弥太郎さんなんかに肩入れして、なにがいいんだか？　全くイケメンの無駄使いとはこのことですよ」

「え⁉　僕のことイケメンだと思ってくれてたの？」

「そ、そんなことより、今回のこのお店の改装費はどこから調達したんですか？　他にも借金作ったんじゃないでしょうね？　いや、弥太郎さんならやりかねない！」

うっかり本音を漏らしてしまった美緒は、赤らめた頬を誤魔化しながら弥太郎を追及する。

「改装費はさ、水神様から借りた金を残してたんだ。全部飲んだわけじゃないんだ。信じてって」

弥太郎は気まずそうに言った。

「ホントにぃ？」

「美緒ちゃん、僕を信じてくれって」

「どうだか。そのうち、またどっかの借金取りが借用書持って現れそうで……」

「そんなことはないってば。借りたのは水神様からだけだって」

「それなら、一旦はその言葉を信じることにします」

「ありがとう美緒ちゃん！　さすがは僕が見込んだ料理人だ」

弥太郎の顔は、もう許されたと言わんばかりの晴れやかな表情に戻っている。

「煽《おだ》てたってなんにも出ませんからね。それよりも弥太郎さん」

「はいはい？」

弥太郎の声には窮地を逃れた安堵感が感じられたが、能天気なだけなのだろうか？

「谷中の弁財天様とはどういったご関係で？」

「ぐ！」

美緒の言葉に、弥太郎の表情が再び凍り付いたように見えた。

「べっ、弁財天ね。谷中のね、うんうん。彼女はまぁちょっとした知り合いなんだ……」

「ちょっとしたご関係の方が水神様に借金をするための推薦状まで書いてくれたんですか？」

「ただの飲み友達みたいなもんだけど、あの娘《こ》。いやあの方は、見た目と違って情に厚いから」

「今、『娘《こ》』って言った後で、誤魔化すように言い直しましたよね」

「単に、言い間違えただけです」

「しっかりと聞こえちゃいました。そのニヤケた顔で神様を騙したんじゃないでしょうね？」

「そんな滅相もない、バチ当たりなことを。僕風情とは格が違いすぎて相手にされないって」

「ふーん」

「信じてないの!?　ホントの事だもの」

「それじゃあ、今度は私も弁天様に会いに、不忍《しのばず》のお池の弁天堂に行ってみようかなぁ～」

美緒は流し目で、弥太郎の表情を窺った。

弥太郎は谷中弁天の事を、話そうかどうか迷っていたようだが、変に隠すと逆に美緒から突っ込まれると思ったのか、意を決したように口を開いた。

「谷中弁天さ、最近は亀戸天神にいるみたいだよ。あそこの長寿亀と彼女の白蛇の相性がいいとか言って境内の池から離れない。彼女の眷属はとにかく水が好きなんだよなぁ」

「亀戸天神ですって？　なんで谷中七福神の弁天様が亀戸七福神のテリトリーのすぐ近くにいるんです？　七福神はそれぞれの結界を守護してるんですよね？　それに亀戸天神は七福神には入っていないものの強い勢力を持っていて、守護しているエリアも広い天神様ですよ」

弥太郎の谷中弁天についての説明は以前に美緒が聞いた、とこ世の理に外れている。美緒は違和感を覚えた。

「実は谷中の弁財天に限っては、彼女が望めばどこの神社もフリーパスなんだ。特に相手が男性神だとまず拒否されないから……」

「えっ、だって亀戸七福神には東覚寺に弁天様がちゃんといるでしょう？」

「東覚寺の彼女の方は、地道でおしとやかなタイプだから、空気読んで許しちゃうかなぁ」

「私、弥太郎さんの感想なんて聞いてませんが。それより七福神のテリトリー越える？　それってとこ世の理的にはどうなんです？」

「ん～、亀戸の弁天様はなにも言わなかったなぁ。ご自由にどうぞって感じで」

「はぁ～、呆れた。つまり男性神たちが揃ってひれ伏すほど、凄い美貌の持ち主ってワケ!?」

「だから、言ったでしょう。所詮僕なんかじゃ見向きもされないって。これで美緒ちゃんは信じてくれた？」

「まあ、信じましょう。ところで、弥太郎さんって神様の眷属なの？」

「まあまあそんな感じだよ。僕の立場は福禄寿の召し使いってことで、いいじゃない」

「また、はぐらかす!!」

第五章 『福禄寿食堂』開店

いよいよ福禄寿食堂新装開店の初日がやってきた。

といっても、うつし世側ではここ何日かスカイツリータウンでチラシを撒いた程度の告知しかしていないため、開店がどれほど知れ渡っているかは、甚だ疑問だ。

開店祝いの花輪が二つお店の入り口の両側に飾られていた。

ひとつはオーナーが自ら贈った花輪で「亀戸七福神一同」と書かれている。もうひとつは美緒の友達が勤める「人力社中《じんりきしゃちゅう》」という浅草の俥屋さんからだった。

美緒は緊張して、今日の仕込みをやるだけで手一杯の状態になっている。

なにしろ飲食店にとって最初の評判はとても大切なのだから。

一度目に食べて、次にまた来ようと思う気持ちを持ってもらうことが大切なのだ。

美緒はお店のことを気にして来てくれるご近所のお客様を大切にすることが、お客を増やしていくことに繋がるに違いないと思っていた。

弥太郎はというと、プレートを持って、押上駅の方まで宣伝に行ってくると言って出ていったきり今もまだ帰ってこない。またどこかで油を売っているんじゃないだろうか。

それともうつし世ではなく、とこ世にプレートを持って出かけたりしているのだろうか。

美緒は弥太郎のことなど当てにしないで、自分ひとりの力でお客さんに満足してもらおうと心に決めていたので、仕込みに一生懸命になって彼のことは忘れていた。

開店は十一時三十分のランチタイムから始まった。

美緒は厨房の窓から、ちらっと店の入り口の方を覗き見た。

大道りは「水辺の散歩道」と呼ばれる北十間川沿いの浅草道りに当たる。

そこから道一本内側に入った裏路地が、今美緒のいる「福禄寿食堂」の正面入り口になる。

店の前の幅五メートル程の小道は、午前中の時間は人通りが少ない。住宅街の小道といって良い場所だ。

今日はお客さん来ないかなぁ……美緒は少し心配になってきた。

十一時三十分になった。福禄寿食堂、新装開店の時間だ。

美緒は店先に暖簾を出して「よし」と気合いを入れて店内に戻ると、ぐるっと店内を見回した。

店内は奥の厨房が臨めるカウンターが六席、ホールは四人掛けのテーブルが四つあるこぢんまりとした造りだ。

厨房の脇の廊下の奥には小さな座敷もあった。

するといきなり待ってましたとばかり、店の入り口から勢いよく入ってきたのは、大きな営業鞄を持った背広姿の、見るからに昼食目当ての四十歳くらいのサラリーマンだ。

美緒は彼の姿にははっきりと見覚えがあった。

福禄寿食堂の看板が完成し、それを取り付けた日にたったひとり、店の前に立って看板を眺めていた人物だ。

「いらっしゃいませ」

美緒は嬉しそうにそのサラリーマンに笑顔で挨拶をして、彼が座ったテーブルにお冷のグラスを置いた。

「ふーんどれも美味しそうだ。まずは神社の名前にあやかって、天祖丼セットをいただきます」

男はさっとメニューに目を通し、迷わず天祖丼セットを注文した。

「天祖丼セットですね。ありがとうございます」

美緒は笑顔でそう答えた。

「良い店ができましたね」

男は木目を基調とした明るく温かみのある店内をぐるっと見回して、そう言った。

「ありがとうございます。ここまで来るのに苦労したんですけど、今日やっと開店できました。そうしたら今までの苦労、一気に吹っ飛んじゃいましたぁ〜」

その美緒の笑顔を見て、男は「そうですか、それは良かった、良かった」とつられて笑顔になった。そのあと彼は「新しい食堂ができると、自分はできるだけ開店初日に、食べにいく開店マニアだ」と自己紹介した。

「それでは少々お待ちくださいませ」

オーダーを書き留めると、美緒はそう言って厨房に戻った。

天祖神社のある押上エリアは、スカイツリーができて以来、観光客で賑わっている。しかし美緒は福禄寿食堂を観光客向けの店ではなく、地元の人たちに愛される店にしたかった。

だから、メニューは天祖丼セットを始め、敢えて毎日食べても飽きない蕎麦やうどん、美緒の得意な家庭料理をメインにした定食を中心に考えた。

特に、目玉の「天祖丼」だ。

今日まで何度も試行錯誤を繰り返して、幅広い層のお客様に親しまれる味に作り込んだつもりだった。

先日店を見に来てくれたサラリーマン風のおじさんには、ぜひその仕上がりを味わってもらいたかった。

美緒は腕によりをかけて作った一食目の天祖丼を盛り付け、彼のテーブルに運んだ。

「お待ちどうさまです」

ゆっくり味わいながら食事を終えたサラリーマンのお客様は、席を立ってレジに向かって歩き出した。

美緒は急いでレジに行き、天祖丼セットの御代をいただきレシートを渡した。

「いかがでしたでしょうか？」

「自分からお客様には、決して感想を聞かないことにしよう」と昨日から心に決めていた美緒だったのだが、初めて来店したお客様の生の声をどうしても聞きたいという衝動を、抑えきれなかったのだ。

「美味しかったですよ。懐かしい味でした。最近美味しい深川めしを昼食のメニューに出してくれるお店が少なくなりましたから。天祖丼は貝から出た旨味が生きるように味が濃すぎず、食べていて飽きない。貝の歯ごたえとふっくら炊き上がったご飯のバランスが良く合っている。今度は他のメニューもぜひ食べてみたいと思いました」

「そんなに褒めていただいて、私ホントに嬉しいです。約束どおりいらしてくださってありがとうございます」

「それじゃあ、また」

「ありがとうございましたぁ」

美緒は彼に他のメニューも食べてみたい言われたからには、早く次の看板メニューを研究しないとと決意を新たにした。

食事はどんなに美味しいメニューでも、何度か食べれば飽きもくる。

何度もお客様にお店に足を運んでもらうためには、そのお店独自の味をいくつも作り上げていかないといけない。

美緒は改めて、食堂を成長させていくこれからの大変さを実感していた。

開店一番に来てくれたお客さんは彼だけだった。

それからお昼の十二時を過ぎるまで客足は少し途絶えた。

弥太郎はプレートを持って、どこに宣伝に行ってるんだろう。

彼のことは特に当てにしていないようにと思ってみても、彼だけがお店の唯一の広告塔、告知メディアであることに変わりはないのだ。

ひとりくらいお客様を連れてきてくれても良さそうなのにと、美緒は少しじれた気持ちになってきた。

その後主婦のグループとご近所の老人が数人来て、定食を注文してくれた。

午後になってから若いサラリーマンがふたりパラパラと現れて、それぞれが天祖丼、天祖丼セット大盛りを注文してくれた。

やはり貝とご飯の組み合わせは人気のようだ。このまま注文が増えれば、天祖丼はゆくゆくは福禄寿食堂の人気メニューに成長していきそうな手応えを美緒は感じていた。

昼食時少し遅く来店したサラリーマンの中のひとりが、レジに精算に来た。

美緒は目深に帽子をかぶったその男が顔をあげたのを見て真っ青になった。

なんと彼は、水神様のお使いでやってきたあの不気味な魚顔の借金取りの男だったのだ。

「ありがとうございます」

美緒はそう言って、お釣りを渡したが、そのときの声は少し震えていた。

男は美緒に向かって、目を細めて大きな口で笑いかけた。

「美味しかったよ。前回食べたときより貝の出汁は濃厚に、ご飯の炊き加減はよりふっくらと香ばしくなっているように感じた。今日まで研究を重ねていたようだね、お嬢さん」

「ありがとうございます」

「今日は開店初日ということもあるでしょうけど、この店はまだ知名度もないし、お客は少ないようだ。でもこの味の評判は食べたお客さんから徐々に広まって、必ず人気が出るでしょう。私はそれが楽しみだと、帰ったら水神様にお伝えしておきます」

「はっ……はい。ありがとうございます」

想像もしていなかった褒め言葉をもらって、美緒は男に深々と頭を下げた。

怒られるんじゃなかったんだ、と美緒は内心ほっと胸を撫で下ろした。


「美緒、開店おめでとう!!」

お昼のピークを過ぎた頃、そう言って元気な声でお店に入ってきたのは、浅草寺前の俥《くるま》止めでいつも客待ちをしている俥屋さんの俥夫大鳥居《おおとりい》祥子《しょうこ》だ。

中休みで俥ごと浅草寺前から抜け出してきたのか、仕事着の黒い半被《はっぴ》姿のままだ。

どうやら店の外には人力俥をそのまま止めているようだ。

祥子らしい大胆な登場だ。

「わっ来てくれたんだ。祥ちゃん」

美緒は祥子を見た途端、満面の笑みになった。

「もちろん。親友の美緒のお店の開店初日に挨拶に来ないでおくものですか」

祥子はいつものように元気よく答え、椅子に座ると我が家に帰ってきたように足を組んだ。勝手知ったるとでも言いたげな様子だ。

それを見て、美緒はくすっと笑ってしまった。

祥子の座った前のテーブルに、入れたばかりの緑茶を置く。

美緒は専門学校の友人野々村《ののむら》美咲《みさき》の紹介で祥子と知り合った。

当時、美緒は東京の料理の専門学校の一年生だった。

そのクラスメイトが美咲というおしゃべりな娘だ。

彼女は当時有名な漫才コンクールグランプリを受けたというから、将来お笑いの世界に進む気なのだろうか。

美咲は実家が浅草で、学生時代は押上のアパートにひとりで住んでいた。

その美咲と知り合って間もなく、彼女に紹介されて会ったのが地元浅草の俥屋のひとり娘祥子だった。

美緒は祥子のさっぱりして元気のいい江戸っ子気質に強く魅かれ、彼女とその日のうちに仲良くなった。

彼女とはなんとなく馬が合う気がしたのだ。

それから美緒は何度も浅草に遊びに来て、祥子に谷中、亀戸、両国と、下町のいろいろな名所旧跡を案内してもらって、浅草の味覚を覚えていった。

それが学校を卒業して、浅草の谿庵に勤め始めるきっかけになった。

美緒は今回の転職についても、祥子に相談したかった。

でもそんな時間はなかった。

そこで心配しないように祥子と美咲には開店の日だけはメールで伝えておいたのだ。詳しい事情は一切、祥子には話せなかったが。

もし相談するチャンスがあったら祥子なら、

「若くしてお店を一軒任されるなんて、そんな大チャンスめったにないじゃん。そんな機会絶対摑まえなきゃだめだって美緒」

そう言って美緒の背中を強く押してくれたに違いない。

美緒は福禄寿食堂の開店の時間も祥子に教えておいた。

だから祥子は開店初日に必ず来てくれると思っていたのだ。

「私の俥にこの店のチラシ置いとこうか？」

「いいの祥ちゃん、そんなことまでしてくれてお仕事の邪魔にならない？」

「平気、平気、興味を持ってくれたお客さんだけに渡すように人力車のシートの前に挿しとくから」

「ありがとう、祥ちゃん、大好き!!」

「いやぁ、私にできることはこのくらいだからさ。美緒ガンバ!!」

なんとか開店初日を迎えてから一、二週間。福禄寿食堂は、天祖丼とだし味がきいた塩分控えめの長寿味噌汁の評判が口コミで広まり、徐々にお客さんが入るようになってきた。

夕刻を過ぎると、店の表には屋形船のような小ぶりの赤提灯が連なって灯される。その頃になると奥座敷はいつも予約のお客様たちで貸し切りになるようになっていた。

とこ世からの団体さんが毎日のように宴会を開いてくれるようになったからだ。

弥太郎のとこ世でのプレートセールスも、これには少し貢献しているようだ。

開店最初、美緒は人間のお客さんととこ世のお客様が出会ったら、パニックになりはしないかと、ハラハラしていた。

実際、夕刻など通路やトイレなどでとこ世のお客様と、うつし世の人間がぶつかるケースもあったが、取り立てて店の中で騒動が起きることはなかった。

どうやら美緒以外の人間からは、とこ世のお客様たちは普通の人間の姿に見えているようなのだ。

そうして様子を見ていると、とこ世のお客様はここでの宴会を終えたあと、うつし世の浅草の繁華街に繰り出して、飲み歩くこともあったようだ。それでいい調子になっても一向に騒ぎが起きないのは、彼らの外見が霊感のない人間からは普通の人間に見えるということと、彼らがきっちりとうつし世のルールやマナーを守って行動しているからなのだろう。

仮に霊感のある人間が見つけたとしても、それがいつもの浅草、押上の日常なら取り立てて問題にしないのだろうと思った。

こうして、日を追うごとに福禄寿食堂は人気店とまではいかないが、美緒ひとりでこなすには厳しい状況になってきた。

美緒は弥太郎に店番を代わって欲しいと頼みたかったが、弥太郎が現れるタイミングがランチから夜までに少なすぎて、未だにひとりで切り盛りしていた。

このままでは疲労と睡眠不足で倒れると美緒は思った。

料理だけでなく昼夜、人間とと こ世のお客様の接客、仕入れや後片付けをひとりでやるのは到底無理なのだ。

早くバイトか従業員を増やしてもらわないと、と美緒は考え始めていた。

しかし、こんなに変わったお店で働いてくれる人っているのだろうかと美緒は心配になった。

「おいおい、そのキノコ、マイタケじゃないよ。美緒ちゃん大丈夫かい？」

そう言って声をかけてくれたのは、毎日野菜、肉などを届けてくれるとこ世のよろず屋のおじさんだった。美緒は三河屋さんと呼んでいる。

彼は弥太郎の代からこの店に材料や調味料などを届けてくれていた、百年来のお付き合いがある仕入れ業者さんだ。

「あっ三河屋さん、ごめんなさい、ぼうっとしてました」

「これは猿田茸だよ。とこ世の住人の好物だが、いくら熱を加えて調理しても人間が食べると、体内でキノコが発芽して、一夜のうちに全身がキノコになってしまう」

「そうでした。うちは人間のお客さんが多いから食材に猿田茸を使っちゃうと、とっても危険ですよね」

　そう言って、今日の食材の籠から猿田茸を取り出し、三河屋の箱に戻した。

　ふっと見ると三河屋の持っている箱の中に、以前見たことのある赤茶色の実があった。とこ世で、弥太郎から教えられた壽卦米だ。

「おじさん、その実は？」

「これはうつし世に彷徨い出ている亡者の霊魂を、とこ世に戻すときに食べさせる。無論、壽卦米はとこ世の食材としても好評だ」

「そうなんだ、それで弥太郎は持ち歩いていたのかぁ」

　美緒は弥太郎が巾着袋に壽卦米を入れて持ち歩いていた理由に思い当たった。

「美緒ちゃん、忙しそうだけどひとり、ふたり従業員を増やさないのかい？」

　美緒は三河屋に頼めば、大抵の料理の素材は手に入れてきてくれることを知っていた。材料調達に時間をかけないで済むので、三河屋は人手のない福禄寿食堂にとってなくてはならない協力者だった。

　気心の知れた三河屋に美緒はついつい本音をもらす。

「それが私……どこに求人を出したらよいのか、わからなくて。そもそもこのお店普通の人間のバイトやパートを雇っちゃって良いのかどうか？」

「そりゃぁまずいんじゃない。少なくとも事情を知っている縁故関係から雇わないと。今時のバイトはすぐ辞めて、その後ネットにあることないこと書く輩《やから》とかもいるからさぁ」

「ええっー、そんな人がいるんですか？」

「俺のとこも、過去に人間を数人雇ってたがみんな辞めちゃって困ったことがある。うちの仕入れがブラックだとかネットに書かれてさ。そりゃぁそうさ、仕入れ先はとこ世が半分なんだから、どこから仕入れたか人間にわかるわけがない」

「ひえー、そんなことでお店が注目されると困りますね。うちは人間じゃないお客様が比較的多い店ですから」

「俺にしてみれば、美緒ちゃんが人間だってことが驚きだよ」

「私は普通ですよ、普通。でもお店は労働時間がめちゃくちゃだし、お客さんはブラックと言うより透明な方もいるから……」

「そうだ!!　心当たりがあるんだ。俺の知り合いで気働きの良いのがいてさ」

「ホントですか、ぜひぜひ、お会いしたいです」

「今度、話してみるわ」

そう約束して三河屋のおじさんは帰っていった。

美緒は一日も早く、お手伝いをしてもらえる人に会いたかった。

少しでも寝かしてもらえるのなら、多少見た目が透き通っていても、顔が魚でも構わないとさえ思った。

水神様のお使いの男に会って以来、美緒は鱒顔もそう悪くないと思い始めていた。福禄寿食堂では、見た目や姿形は関係ないのだ。

季節は梅雨を迎えようとしていた。

開店初日に足を運んでくれたサラリーマンも週一くらいでお昼を食べに来てくれるようになっていた。

あの水神様のお使いの魚顔の男も、「客の入りを見ていないと心配だ」などと言いながら毎週のように店に現れて、天祖丼を頬張り、仕事帰りにビールを呷《あお》り、日が暮れてとこ世のメンバーが来店すると、彼らと肩を並べて夜の浅草の街に消えていった。

「繁盛しているようじゃぁな」

ある日、レジでお釣りを補充していた美緒が聞き覚えのある声に顔をあげると、目の前に、いつそこに現れたのか福禄寿様が立っていた。

「やはり店はこうでなくちゃのう」

そう言って賑わっている店内を一回り見回して、機嫌が良さそうに髭を摩って何度も頷いた。

「はい、そうですね」

美緒はここは話を合わせておこうと考えて、彼の話に頷いて相槌を打っておいた。

「ふふん、長寿味噌汁じゃと。ちょっとは考えたようだな、お前さん」

「どうも……」

美緒はなにを言われるか心配で、少し引きつり気味の笑顔で、オーナーに軽く頭を下げた。

「だがな、味噌汁で延びる寿命なんてない。伸びるのはお雑煮に入れた餅くらいだ。ひゃひゃひゃ」

「はぁ～」

美緒は肩の力が抜ける気がした。福禄寿様はお店になにしに来たんだろう。

「儂は心配でなぁ」

お爺さんがほんの少し眉をひそめ、言い辛そうに美緒の顔を横目で見た。

「なにがですか？　オーナー」

「ついこの間まで繁盛していた儂の天祖食堂が、お前さんに店の切り盛りを任せた途端、大ポカをしでかしゃせんかと……少々言い辛いのだが儂はそれが気がかりでならんのじゃよ」

「はぁ～気を付けます」

言い出し辛かったのはそんなことかと、美緒は再びため息を吐いた。

「天祖食堂」と呼ばれていたのは、以前の看板が壊れる前なので百年以上は前のことだ。

今、店の表には「福禄寿食堂」と大きく看板が掲げられている。

しゃべるとわかるのだが、やっぱり福禄寿お爺さんは百年、二百年前の記憶と現在を勘違いしているようだ。

この店が押上界隈で一番に大繁盛していたという過去は、彼の頭の中ではつい最近のことなのだろう。

とりあえずそれでも現実は特になにも問題はないので、美緒はお爺さんの幻想をそのままにして、話に相槌を打っておいた。

美緒は思った、福禄寿様の御期待に応えることは大変だと。

第六章　恵比寿・大黒天食堂

その日、夕刻に三人のお客が連れ立って店に現れた。

美緒は男性客ふたりには会ったことはないが彼らの外見とその服装コスチュームから、彼らが誰かは一目瞭然だった。

ひとりは烏帽子《えぼし》を被って、狩衣《かりぎぬ》を着ている。長い釣り竿を折りたたんで袋に入れ、背中に背負っている。トレードマークの大鯛は左手に持ったアイスボックスに収納されているのだろうか。

もうひとりは、やはり狩衣を着て、宝物を人々に授けるサンタクロースのような大きな白い袋を背中に背負い、これもトレードマークの打出の小槌を首から下げている。小槌で人々に幸運を授けて回るのだ。

ニコニコ笑っているのは彼が根っから陽気な性格の証拠だろう。

彼らふたりは亀戸の七福神、恵比寿《えびす》と大黒天《だいこくてん》だろう。

なんと言ってもここは七福神食堂なのだから、同じグループの七福神が立ち寄ってくれたのは嬉しいことだ。

ふたりとも相撲取りのような、横と縦がわかりづらい恰幅の良い体型をしている。

特徴的なのは彼らのそのお腹だ。

ポッコリと丸く前に出っ張っているのだ。

もしも人間だったらお腹の大きさとその重さだけで息が切れそうだし、バランスも取り辛いだろう。歩くだけでも大変そうだが、ふたりとも神族なので体の構造は人間とはいろいろ異なっている。お腹の重さはまったく意に介していないようだ。

長年この体型で過ごしてきたのだから、その生活にも慣れているのだろう。

亀戸の七福神では、恵比寿と大黒天は共に香取《かとり》神社に祀られている。

だから、このふたりがつるんで福禄寿店に来ることに、美緒は納得できた。

もうひとりは妙齢の女性だ。物凄い美人であることは美緒が見てもはっきりわかる。

匂い立つほどの色気は半端ない女子力だ。

彼女が店に入ってきた途端、食事や酒を楽しんでいた男性客は全員その気配に手を止めて、入り口の方を振り返ったほどだ。

女性客は男性客の、その愚かしい反応に冷め切った目で知らん顔を決め込んでいる。

美緒はその女性に以前会ったことがあった。

美緒が駱庵で働き始めて四か月が経った頃、お店にお蕎麦を食べに来てくれたあの印象的なチャイナドレスの美人だ。

今日はシックなバイオレットのパーティードレスに身を包んで、髪の毛は後ろにおろして、ストレートロングヘアーを背中に流している。

なにを着ても似合う人だと美緒は感心して、しばしレジの前で挨拶の声も出せずに、佇んでしまった。

彼女の左右につかず離れず立っている恵比寿神と大黒天は、周りから見ていても恥ずかしく思えるほど、彼女に夢中なようだ。

緩み切った笑いを顔面に張り付かせて、周囲の様子などまったく意に介していない。

ふたりとも、とても人々に幸福を授けて回る福の神の表情とは思えない。

ふたりは彼女の手に直接触れたいのか、彼女と腕を組みたいのか……。

それがふたりして彼女に言い出せないのか、やきもきしながら彼女と微妙な距離を取って、香取神社からここまで街中をうろうろと歩いてきたようだ。

三人は店に入ると、歩いてきたときのままの並びで、女性を真ん中に挟んでカウンター席に座った。

「いらっしゃいませ」

美緒は慌てて、三人の元にお茶を持っていき、ぺこりと頭を下げて、いつものように明るく挨拶した。

「おおっ可愛らしいお姉さんが来た。頭の突きだした福禄寿爺さんはどうしたんじゃ？」

そう言ったのは恵比寿だ。

「久しぶりに彼に挨拶でもと思って、開店祝いに来てみたんじゃがなぁ～」

これは大黒天。

「福禄寿様はとこ世でお休みです。お店にはあまり姿をお見せになりません」

美緒はそう説明した。

ふたりとも福禄寿の性格は以前から知っているだろうから、その程度の説明で彼が店に来ないことはわかってくれるだろうと考えた。

「店主はいつも留守か。なんか芸能人が経営する焼き肉屋チェーン店みたいじゃが」

恵比寿が右手で自分の顎に手を当ててそう言った。

「あはははっ」

真ん中の女性が高い声で笑い声をあげた。その笑い声は美緒が聞いても、艶があってなんとも魅力的だ。

「良い良い、別に爺さんの顔を見たくて来たんじゃないんだから。最近この店で評判の美味いもんを食わせてくれんかい」

大黒天は美緒の方を向いて、笑いながら両手で料理を注文したいとジェスチャーをして見せた。

「はい、当店自慢の天祖丼セットでよろしいですか？」

美緒は看板メニューをお勧めした。

「それそれ、あとは酒じゃ、本醸造の日本酒を熱燗でな」

「はい、かしこまりました」

「あら、貴女やっぱりまた会えたわね」

ふたりに挟まれた美人が美緒を見て、そう言った。

「以前お蕎麦屋さんに来ていただいたお姉さんですよね。覚えています。お久しぶりです」

そこで美緒は改めて彼女に挨拶した。

あのとき彼女は『きっと貴女とは、またすぐに会えるから』と言っていた。

この人は私とまた会うことを貉庵のときから知ってたんだ、神様だからわかってたのね、と美緒は思った。

「自己紹介が遅れました。私谷中の弁財天、上野の弁天堂から来ました」

「え、あなたが弁天様……ですよね」

(弥太郎さんが言ってたとおり普通に七福神の結界線を越えて亀戸エリアに遊びに来てる。どういうこと?)

美緒はその超法規的で大胆な行動に愕然として、彼女を改めて見つめた。

しかしそんなことを口に出して聞けるほど、美緒は肝が据わっていない。

なんとなくなにも聞いてはいけない雰囲気が、恵比寿と大黒天の間に漂っているのだ。

「このお店、とこ世でも評判なんですって?」

そんな美緒の戸惑いをよそに、谷中の弁天様は美緒からお店の話を聞きたがった。それに美緒の客あしらいを見たがっている様子だ。

自慢げに大喜びで谷中の弁天を七福神食堂に連れてきた恵比寿と大黒天の話を聞かず、美緒にいろいろ話しかけてくる。

美緒は思った。彼女はこの店に来る以前に、すでにふたりに連れ回されて他の店で飲み歩いてきたんだ。それで、自分の左右に座っている恵比寿と大黒天のする話には、もう退屈してしまっているのかもしれないと。

「恐縮です。まだこのお店はやっと開けたばかりなんで、今後はなにとぞご贔屓に」

美緒は緊張気味にそう言った。

「そう、今日は貴女の手料理をぜひごちそうになりたいわ」

「はい、腕によりをかけて、作らせていただきます」

「お～い、お嬢さん。この鯛をさばいて刺身にしてくれんか」

そこで恵比寿はカウンターの下に置いていたアイスボックスをおもむろに取り出して、その蓋を開けた。中には大鯛が一尾そのまま入っている。

美緒はカウンターの後ろに回り込んで、その大鯛を覗き込んだ。

「はい、すごいりっぱな鯛ですね。これ良いんですか、私がさばいちゃって」

「さすがに儂らだけじゃ食いきれん。半身は丸々店のお客さん皆さんに振る舞ってくれい」

他の客席のそこかしこから、どよめきがあがる。

「ありがとうございます」

「さすが恵比寿さんだ」

店の中のお客さんたちから恵比寿に向かって歓声が沸き上がる。

恵比寿は愛想よく、彼らに両手を振って応えた。

その笑顔は無論めでたい恵比須顔だ。


それから数日して、大忙しのランチタイムの喧騒が収まった十四時三十分頃、美緒は店の外に「仕込み中」と書かれた札をかけて、たったひとりで忙しく店内の片付けをしていた。

「もう弥太郎さん、どこかにいるんだったら片付けくらい手伝ってくださいよう。って言っても無駄ですよね。いつも都合よく仕事が溜まってくると、さっさといなくなるんだからぁ～」

そのとき、音もなく店の引き戸が開いた。

美緒がその気配に気づいて後ろを振り返ると、そこにふたりの男が立っていた。

先日ご機嫌な様子で弁天を引き連れて、店に現れた恵比寿と大黒天だ。

「今、ちょっと良いかのう……」

恵比寿が小声で問いかけてきた。

先日とはうって変わって落ち込んだふたりの姿を見て、美緒は一瞬見間違えてしまったほどだ。

「はい、今準備中なんですけど、夕方は十七時から営業です。その頃に……」

「それはわかっておる。儂等ちょっと人の多い時間では話しづらいことがあってな……」

「なにかご相談事でしょうか……」

　ふたりは無言で頷いた。

「はぁ、それって、この私にですか？」

　美緒は自信なさそうに、そう彼らに聞き返した。

「そうじゃ」

　恵比寿が答えた。

「そうなんじゃ」

　念を押すように大黒天が、ぼそりと言った。

「相談というのは他でもない。この間ここに一緒に来た弁天嬢のことじゃ」

　そう話し始めたのは、恵比寿の方だ。

「ああっ、谷中の弁天様ですね。とっても美しくて魅力的な方ですね」

　いくら綺麗な方でも神族である以上、齢《よわい》千年は優に超えているだろう。それを果たしてお嬢さんと呼べるのだろうか、と美緒は思ったが、口にはしない。

「彼女はとてもチャーミングで、魅力的ですな」

「そう、そう、とても美しい」

「皆さんとってもお話が盛り上がって楽しそうでしたから、きっと弁天様と仲が良いんだなって思いました。羨ましいですね」

そう美緒が言った途端、恵比寿の顔が引きつって、いきなり大きな声で号泣し始めたのだ。それに釣られて大黒天も唇を噛んで必死に泣くのを堪えていたのだが、遂に耐えられなくなったのか天井を向いて、同様に号泣し始めてしまった。

「うわ――――ン」

「あああああ――――あ――――ん」

美緒は焦った。人々に福を運ぶことで超有名なふたりの福の神が店の中で大声で泣きだしたのだ。いったいどうしたら良いのか、一瞬途方に暮れてしまった。

「どうしましたか、おふたりとも、とにかく少し落ち着いてください。大黒天様も恵比寿様もおふたりともみんなに慕われる福の神様なんですから、そんな激しく取り乱さないでくださいよう～笑顔でいきましょう、笑顔で」

それからふたりを落ち着かせ座敷に座らせると、彼らから順に話を聞き始めた。

「ええっ、弁天様に袖にされたぁ～？」

「そうなんじゃな。だから、我々のそんなみっともない話を相談するのに、お客の多い時間にここには来られなかったというわけじゃな」

大黒天はそう話しながら、涙と鼻水が止まらないようだ。

「それにしたって、あの弁天様がおふたりにそんなキツイことを言うとは思えませんが。具体的にはどう言われたんですか、いったい？」

「彼女は優しいから儂たちにそんなキツイ言い方はしていなかったんじゃ」

恵比寿が説明を始めた。

「そうじゃな」

大黒天が頷く。

「会いたくないとか、嫌いだとかははっきり言われたわけじゃない。……言わんとも……」

「でもなぁ〜、昨日一羽の小鳥が儂たちの元に手紙を届けに来たんでなぁ」

「小鳥が手紙を？」

大黒天の説明に驚いた美緒は思わず聞き返した。

「そう、スズメみたいな鳥じゃった。いやスズメより少し大きくて、首の周りに薄いピンクの帯があったかな……」

「……」

それを聞いた美緒は、なんで弁天が小鳥に手紙を運ばせたんだろうと思った。

「そこにはこう書いてあった。『ふたりとも神様なのに太りすぎじゃないですか？』と。『もう少しすっきりしたら、またお会いしたい』と」

美緒は驚いた。

「そんな手紙出しますかぁ？　あの弁天様が……その手紙見せてもらえます？」

そう言う美緒に恵比寿は、涙ながらに弁天からの手紙を見せようと、自分の懐に手を入れた。

「現にここに……」

そう言った恵比寿の眉が歪む。

「あれ、ない？　大黒天お前が持っておらんかい？　弁天ちゃんのお手紙？」

「儂じゃないなぁ……」

と大黒天も自分の懐やポケットを探し始めたが、一向にその手紙は見つからない。

「おかしいのぅ。ここに向かうとき、確かに儂ぁ自分の懐に入れといたのにのう……」

美緒は、慌てて弁天の手紙を探し続けるふたりの仕草を見ていたが、いつまで経ってもその手紙は見つからないようだ。

美緒は話を続けた方が良いと思い、声をかけた。

「まあ、まあ、お手紙の内容はわかりましたから……あとでゆっくりとお探しになれば……」

とつい彼らの気持ちを考えないで、手紙のことを軽く捉えるような表現をしてしまった。

痩せた方が良いことは、事実なんだしとも美緒は思った。

恵比寿はそうは言われても見つからない大切な手紙が心配で仕方がないようだ。大黒天は一旦手紙探しの手を止めて、弁天との話の続きを始めた。

「儂も恵比寿も食べるのが大好きなんじゃよ。痩せるなんてとてもじゃないが考えられないのぅ。食事を制限しないといけないんじゃよな。儂等にとってそれは悪夢なんじゃ。きっとそれをわかってて、弁天嬢はそう言ったんじゃな。とすればじゃな、彼女は我々に金輪際ずっと会いたくないと言ったのと同じではないか、な？」

美緒は咄嗟に返す言葉が見つからない。

「うわぁああああ――――――！」

「ふぇ――――ん!!」

またふたりは子供のように泣き出した。

「まあ、まあ〜落ち着いてくださいって、弁天様は決してそういう意味で言われたんじゃありませんよ」

美緒はなんとか泣き止ませようと、ふたりにそう言ってみた。

「じゃあどういう意味でなんじゃぁ〜？」

「それは……痩せてた方がかっこいいとか、健康にも良いとか、おふたりのことを思ってのことだと思いますけど」

自分で言っていて、苦しい話だ。

「そうじゃろうかぁ？」

美緒の話を聞いても、恵比寿は眉をひそめて腕組みをしてしきりに首を傾げている。

「ところで、その相談をなんで私のところに持ってきたんですか？　私人間だし、まだ二十三歳の小娘ですよ」

何百年も生きて、いろいろ経験しているふたりがなぜ若い美緒にわざわざ恋愛の相談を持ち込んできたのか不思議だった。

「美緒どのは以前から弁天嬢と知り合いの様子じゃったから、我々の事をなんとか彼女に取り成してもらえないかと思ってのう……」

「そんなことは私には到底無理です。無理、無理～」

「そこをなんとかぁ!!」

「だって、私弁天様とそんな親しくないです。むしろ私なんかにそんなことを頼んだおふたりのことを、彼女は女性として良い感じを受けないいんじゃないかと思います。すみません生意気なことを言って」

「そうかぁ、そういうものか。女心は難しいのう。年齢的に考えても、我々七福神は二千年以上生きてきて、むしろ悩める人々の願いを聞いて幸せを授ける側にいるからのう。我々が青春の悩み相談みたいなことを、若い人間の美緒どのにしたら、弁天嬢に軽蔑されるかもしれんな」

「そうそう」

と、美緒は頷いた。少しはわかってるじゃんこのお爺さんたち。

「それじゃあ、どうしたら良いのかのう?」

そんなこと自分で考えてください、と美緒は口から言葉が出かかったが、それはさすがにぐっと堪えて押し留めた。

「私もできることを考えてみます。ということで、私お店の準備がありますから今日のところはこれで……」

「おおっ、すまなかったのう」

「お邪魔したようじゃな。またよろしく頼むぞ美緒どの」

　そう言ってふたりは入ってきたときと同じく、肩を丸めてお店の入り口から帰っていった。

「おい、美緒ちゃん良いのか？　あんな言い方したらふたりは美緒ちゃんがなにか考えてくれると期待してしまうぞ」

　ふたりが店を出て引き戸を閉めたことを確認すると、どこからか聞き覚えのある声が響いてきた。

「やっぱり聞いてたんですね、弥太郎さんは」

　美緒はその弥太郎の言葉に若干腹を立てた。困っている神様の話を盗み聞きするのは良くないと思った。

　でも、もし弥太郎があの場にいたら、彼らは今の話を絶対切り出せないで帰ったに違いなかった。

　それだと姿を隠した弥太郎の咄嗟の行動も、一概に非難しづらくなってくる。

「それは聞くとはなしにね。さっき話の途中で帰ってきたんだよ……それでどうするつもりなんだ、美緒ちゃん？」

　どこに行っていたのか、ラフな服装の弥太郎がひょっこり姿を現した。

「そうですね……彼らが言うように弁天様にもう少しおふたりに優しくするように私からそれとなくお願いしてみましょうか？」

「それは、自分でさっき上手くいかないって言ってただろう」

「そうでしたね。あーん弥太郎さんどうしたらいいんでしょう、私」

「そうだな、それならいっそ恵比寿様と大黒天様に本当にダイエットさせてみるのはどうだろう？」

弥太郎は美緒が驚くようなことを、平然と言ってのけた。

「あのふたりがダイエット？　あり得ない。だって二千年以上保ってきた体型をどうやって変えるって言うんですか？　考えられないでしょう。そんなことをしたら全国の神社の彫刻やお土産物が作り直しになっちゃうじゃないですか」

「そこまでしなくても、第一彼らは人前に出てこない。太っていても、痩せていても問題ないだろう。いや、よく浅草、亀戸を飲み歩いているけど人間には彼らは普通のおじさんにしか見えてないし……」

「そうかもしれないけどご本人たちも、食事制限は無理だと言ってたし、だったらできないでしょうあの体型からダイエットなんて」

「なせば成るんじゃぁない？」

「その言葉、酒びたりの弥太郎さんにそっくりお返しします。とにかく彼らは二千年間痩せられなかった。それができないから、おふたりはああして泣いてたんですよ～」

「できる。その努力をしてないだけ。美緒ちゃんはふたりに痩せられると信じ込ませてくれさえすれば良いんだよ、ＯＫ？」

弥太郎はなぜかふたりのダイエットには、とても自信がありそうだ。

「そんな、でもどうやって……」

「彼らの七福神食堂は香取神社の参道を出た明治通り沿いにあったよね。あそこは蕎麦とうどんが名物のお店だった。結構地元に馴染んで繁盛してる。それならつけ蕎麦や冷やしうどんもメニューにあるだろう」

「それは夏場のメニューにはあるでしょう」

美緒は弥太郎の考えていることが、よくわからなかった。

「美緒ちゃんの得意な阿波の半田素麵をヒントにつけ麵を恵比寿・大黒天食堂の年間メニューに加えてみたらどうだろう？」

そう言われても、美緒にはどうもピンと来ない。

「よく意味がわからないんですけど。それをおふたりにお願いすれば良いのですか？」

「そう、美緒ちゃんは彼らに冷麵が夢のダイエットメニューと教えてあげるだけでいい」

「どういうことですか？　意味がわかりません。そんなの夢でもダイエットメニューでもありませんて」

「別に素麵がダイエットメニューだと言ってるわけじゃないんだ。つけ蕎麦でもうどんでも理屈は同じさ」

弥太郎は自信ありげにそう言った。

「はぁ？」

意味がわからないといった顔をしている美緒に、弥太郎は説明を続ける。

「麺はその製造過程で加熱されて糊化したあと、冷えると、でんぷんが再結晶化して消化され辛くなる性質がある。だから冷えた冷麺は温かい麺に比べると食べてもそれほど太らない。このようにエネルギーになりづらいでんぷんはレジスタントスターチと呼ばれている」

美緒は学校で教えてもらったことがあるような気がして、懸命に記憶の糸を手繰っていった。

「えーと、レジスタントは抵抗、未消化といった意味ですよね、そしてスターチはでんぷんだから……」

美緒は学校で教わった知識を総動員して、弥太郎の説明を理解しようと頑張ってみた。

麺を冷やすことで一部のでんぷんが消化されにくいレジスタントスターチになるから素麺にダイエット効果があるということか。

美緒はそう理解した。

「それと、腸の方が糖分の吸収をガードするということもですか……」

「そうさすが美緒ちゃん、よくわかってる。腸は五度以下になると吸収力が極端に低下する。そこにでんぷんが再結晶化してレジスタントスターチ化した麺が流し込まれる。すると腸は、温かい麺を食べたときより麺の栄養を吸収しづらいと考えて良い」

「確かに昔から冷たいものを食べると、それだけで消化に良くないって言いますよね」

「この場合は正確に言うと栄養の吸収に良くないということなんだ」

「なるほど、恵比寿様たちはいつも食べたがっているから、先に冷麺や寿司を食べてもらい、腸の温度をとにかく下げる。腸からの吸収を抑えてしまえば、その後多少肉や刺身を食べても吸収されづらいという理由ですよね」

「正解だ」

弥太郎はときどきいいことを言う。

こんなに頭が切れるのだから、怠け者で女ったらしじゃなければもっと素敵なのにと、美緒はつくづく思うのだ。


美緒は弥太郎から教えられたレジスタントスターチの効果をさらにあげるため、小麦粉から麺を製造する過程で一旦過熱して冷却し、そこで再結晶化が進みやすい麺の太さと、温度変化のスピードの試行錯誤をし始めた。

美緒の厨房実験室だ。

「よし、これで麺の味わいは変わらず、レジスタントスターチの効果が高い冷麺のできあがりだわ」

弥太郎の提案から数日後、美緒は遂に夢のダイエット麺を完成させた。

あとはこれを使って恵比寿と大黒に実践してもらうのみだ。

さらに数日後、ランチタイムの終わった福禄寿食堂のカウンターに大黒天と恵比寿が座っていた。

「では恵比寿・大黒天食堂での新メニューをご提案します。名付けて『七福神素麺』です」

「ほほう、これなら儂等がたくさん食べても太らないんじゃな、美緒どの？」

と恵比寿が聞いた。美緒は小さく頷いた。

「そうです。目標の体重に落ちるまで食事はみんなこれにしちゃいましょう。七福神の名にちなんで素麺は七種類のつけ汁にしました。ノーマルなつけ汁の他に、トマト味、オクラと長芋のネバネバ、ごま豆乳、ピリ辛麻婆味、しそと大根おろし、そしてさっぱりレモンぞえカレー味の七種。味に飽きが来ません」

「それはなんとも嬉しいことじゃな」

と大黒天が微笑んだ。

「しかも、疲れた体にはレモンや柚などの柑橘系のタレで瞬間的な疲労回復が期待できます。さらにつけ麺を素麺にしたのにはもうひとつのわけがあります」

「他にもなにかあるのかのぅ？」

大黒天はもう説明は良いから食べたいという顔で美緒を見ている。

「それは、麺を啜るという行為です。啜ることによって麺が喉の奥に当たって刺激します。

これが食欲と快感中枢を刺激して満足感を与えてくれるんです。素麺の太さはその刺激にちょうど良いんです」

「そうじゃったのか、二千年以上生きてきてまったく知らなかったことじゃぁ」

「そうじゃのう、確かに麺はつるつると啜った方が美味しいもんじゃからなぁ」

「啜るという行為で、もっともっと食べたくなるのは、この喉奥の快感中枢を刺激されることが原因です。たくさん食べたい、でもご安心。七福神素麺は低温加工されていますから、いくら食べてもほとんど吸収されません」

美緒はそう説明しながらも、かなり大げさに話の風呂敷を広げていることに気づいていた。

でも大げさなくらいでちょうど良いと思った。

疑ってかかると、効果は半減してしまうから。

「素晴らしい!!」

「早速今日から、お腹いっぱいこの七福神素麺を味わわせてもらいますよ」

「どうぞお召し上がりください」

「うちの店には恵比寿や大黒天にあやかって、結構大食いなお客さんが来店されることが多い。このダイエット食、七福神素麺は大いに喜ばれそうだ」

恵比寿・大黒天食堂にダイエットの新メニューが登場した。

その名もダイエットに最適「七福神素麺」。

恵比寿・大黒天食堂に立ち寄ってくれる客は、最初はためらいがちに注文し、一度食べると病みつきになったように「七福神素麺」を食べに来店するようになった。

つけ汁の組み合わせが絶妙だという噂が広まったのだ。

美緒はメニューの名前から、他の亀戸七福神食堂でも使えると思っていたので、早速「七福神素麺」は美緒の店でも新メニューに加えていこうと考えた。

そして本題の恵比寿と大黒天のダイエットはというと、一週間、二週間と経つうちに着実にその成果を実らせ始めていた。

恵比寿、大黒天の食欲は止まるところを知らないのだが、それでも主食を「七福神素麺」に代えて、他に食べるメニューも極力低温にして、口に運んでもらった。

刺身や冷しゃぶは元々彼らの大好物なので、大歓迎された。

さらに、美緒は運動もダイエットメニューに加えていった。

ふたりは動くのをとても億劫がったが、空は飛ばないで走ることを基本に、トレーニングの時間を午前中と午後に各一時間必ず取ってもらった。

こうして、四十日が経過し梅雨もあけ、夏も真っ盛りの頃。

ダイエットの成果は着実に出てきている。

実際、体重計に乗ると成果は歴然だったし、見た目にも大きな変化があった。

ふたりの顔に笑顔が戻ってきた。なんとかこれで、恵比寿と大黒天の笑顔と元気は回復しそうだと美緒は安堵した。

　恵比寿、大黒天に食事を作って店に帰ってきた美緒を、弥太郎が待っていた。

「それで、ダイエットメニューはどうなんだい？」

「新メニュー『七福神素麵』は常連さんや参拝客のお客さんに大好評です。恵比寿様と大黒天様も毎日この冷麵を食べ続けてなんと二十キロのダイエットに成功しました。たった四十日。さすが神様ですよねぇ。信じる者は救われるっていうんですか」

「それ神道でも仏教でもないなあ〜。ところで、ふたりは弁天様との縒《よ》りは戻ったのかい？」

　そう聞かれて美緒は困った顔になった。

「ふたりとも体重を量って勇んで上野の弁天堂に行ったみたいなんですけど……」

「それで？」

「谷中の弁天嬢にそんな話ししたかしら？　とか煙《けむ》に巻かれてしまったみたいで」

「そんなぁ」

「しかも、彼女はふたりの変わった痩身を上から下まで見たあとに、あっさりと見た目があんまり変わってないから、違いがわからないとか、どうせならあと二十キロ目標に減量したら？　とか言っちゃったらしいんです」

　弥太郎は眉をひそめて顔面を押さえた。

「あちゃー確かに二十キロ程度だと見た目変わらなそうだよなぁ。あのふたりの場合は

「……」

「それで、谷中から帰ってきたらさらに冷麺ばかり食べてます。凄い食欲です」

「あまり食が偏るのも健康に悪いのでは？」

弥太郎は、いくら神様でも無理の度が過ぎると健康を害すると、少し心配になったみたいだ。

「それは私もちょっと気になります」

そう答える美緒に弥太郎は……。

「元々ダイエットは健康の敵さ。それでやりすぎて亡くなる方もいるみたいだし……」

と不穏な人間の事例をあげた。

「ひえっ、ダイエットって怖いですね」

美緒は改めてそう感じた。

「むやみやたらと痩せようとしないことかな」

弥太郎はそうは言ったが、恵比寿と大黒天ふたりは当面ダイエットを続けてくれそうだと美緒は感じていた。ただ痩せて弁天に好かれるかどうかは、彼らの問題だけれど。

そこまで美緒は面倒見切れない。

それにしても、ふたりのダイエットがきっかけになってできた新メニュー「七福神素麺」は夏の大ヒット商品になりそうだと、美緒は恵比寿と大黒天に心の中で感謝した。

第七章　弁天食堂のダイエットメニュー

厨房で湯気を立てて一生懸命夜の仕込みを続けている美緒の後ろを弥太郎が通りかかった。

どうやら冷蔵庫の中の、酒のつまみが彼の狙いのようだ。

美緒は思った。

弥太郎という男は、誰かが代わりにやってくれると思うと、とことん仕事を忘れることができるとても便利な性格らしい。

いや、自分がこのお店に来る以前の長期閉店期間を考えると、弥太郎は代わってくれる人なんかいなくても、自分の気分で休みたいときは休んでいたのだ。

要するに弥太郎は根気がなくてなにをやっても続かない、ダメ人間、いやダメ神様だろう。

冷蔵庫を漁《あさ》っている弥太郎の後ろから美緒が声をかけた。

「以前から気になってたんですけど、亀戸七福神グループの弁財天様ってどんな方なんですか？」

「ああっ、一応うちのグループにもいるよね。弁財天は」

「いますよね、見たことないですけど」

「ああっ……それね。みんなあまり話題にしたがらないからなぁ」

「だから気になるんですよ。恵比寿様も大黒天様も谷中の弁天様にあんなに夢中になって、自分のグループの紅一点の弁天様は置き去りですか？」

「そういうことになりますかね？」

そう言う弥太郎も、亀戸弁財天様にはまるで興味がなさそうだ。

「でもでも、それってておかしくありません？」

美緒は弥太郎を問い詰める。

「そうだね、そう言われればそうかもしれない」

それでも弥太郎の返事はまるで要領を得ない。

「元々七福神グループの紅一点なんだから、弁財天様はきっと美人のはずですよね」

「ま、悪くないんじゃない」

これも女たらしの弥太郎らしからぬ気の抜けた素っ気ない答えだ。

「それならもっと大切にして差し上げれば、グループ全体の活性化にもなり、結束の中心になり……」

美緒はまだ会ったことのない亀戸弁財天の味方に立って話そうとするのだが、弥太郎は冷蔵庫から博多明太子を取り出すと、振り返って話し始めた。

「それがうちの弁天様はおとなしすぎて、ちょっと対人恐怖症きみっていうか、引き籠もり気味っていうか、それが昂《こう》じて弁天堂にお籠もりしてストレス食いを始めたみたいなんだよ」

　弥太郎の口がなんだか重たかったのは、そういうことだったんだと美緒は少しわかってきた。

「それにさ……」

　美緒の表情を見て、弥太郎がさらに説明を続ける。

「彼女、食べんの好きだったみたいだし」

　弥太郎は明太子に箸をつけ、さらに話を続けた。

「その上、食べすぎて太っちゃったから、みんなの前に出たり外出したりするのが嫌になったらしいんだよ。まあ、そういう感じ……」

　弥太郎の説明を聞いて、美緒は考え込んでしまった。

「果たしてそれで良いのでしょうか？」

　それに対して、弥太郎は「食は自己管理の分野だからねぇ」と一向に取り合わない。

「弥太郎さん」

「はい」

「あなたは可哀想な彼女を助けてあげたいと思いませんか？　可哀想だと思いませんか？　同じチームのお仲間さんじゃないですか」

　美緒は弥太郎を教え諭すつもりで、一言一言ゆっくりとそう言った。

「それがさぁ、僕らがどこかに連れ出そうと、手を差し伸べようとしてもだな、余計なことだと言われたり、意地悪されてるとか誤解されたりして、もうどうしようもなくなっちゃったからなぁ」

「女性は誰も、根本は自分の存在を認められたいものなんです」

美緒はあくまで女性の味方だ。

「承認欲求ね」

「そういうのかもしれませんが、彼女だって決してほっとかれたいなんて思っていませんん」

「そりゃそうかもしれないけど」

「人を幸せに導くのが神様の務めですよね」

美緒は別の観点から弥太郎のやる気を促そうと、話の切り口を変えてみた。

「そうだと思うけど、弁天様だって神様だろ？」

「食べ物だって、人を幸せに導くものですよ。弥太郎さんは仮にも料理人でしょう」

美緒は弁財天を救う鍵は食事にあると考えている。

「そうだけど。で、どうやって弁天様の外向性をあげるんだい」

「それはやっぱり愛情を込めた食べ物ではないでしょうか。私、弁天様にお会いしてきます」

美緒は決然とそう言い放つ。

「それなら東覚寺の弁天堂に籠もってるよ。いつでも声だけは聞ける」

と弥太郎が教えてくれた。

「善は急げです！　わかりました、早速行ってきます」

「変に刺激して、彼女にかえって恨まれたりしないように～」

弥太郎の言い方にはトゲがある。

「男性は勝手ですよ。見た目が若くて可愛い子だけちやほやして。弁天様が可愛くなったらどうするんですか」

美緒は少し意地悪そうに弥太郎の顔を流し目で見た。

「そりゃ、お食事に誘いますよ。僕だってちやほやするよ」

「それなら今、今誘ってください」

「それは謹んで遠慮させていただきます。僕って気持ちが顔に出やすいからさ」

「そう言うと思ってました。仕方ない、私が明日弁天堂に顔を出してみますね。その間、お店をお願いします」

そう言って美緒はその話をした翌日、東覚寺に向かう準備を始めた。

弥太郎から聞いた話から想像すると、ただ会いに行っても到底顔は見せてくれそうにないと美緒には思えたからだ。

とこ世の東覚寺の本堂のすぐ横には弁財天を祀る小さなお堂がある。そこには弁財天の絵が祀られているが、当の弁財天はいない。

亀戸七福神の弁天堂はひっそりと竹林の中に隠れるように境内の敷地の外に向けて建てられている。うつし世側からは行けないこのお堂の食堂の営業は止まったままで、その存在は人々から忘れられて久しい。

そこはうつし世のガイドブックにも載らず、訪れる人もない、なんとも鄙びて地味な佇まいだ。

通路側からは見えないが、屋根には空に向けてパラボラアンテナが取り付けてある。中にいる人はこんなところに隠れ住んでいるにもかかわらず衛星放送ファンであるようだ。

美緒は一歩進み、お堂の扉を軽くノックしてみた。

「こちら東覚寺の弁財天様のお住まいですよね？」

「誰よ、私呼んでないわよ誰も」

「七福神食堂のひとつ福禄寿食堂の調理人、綾小路美緒って言います」

「……それはわかったから、用件を言って頂戴。私こう見えてもいろいろと忙しいんだけど」

「うちの亀戸七福神食堂グループで回覧板を作りました。それをお持ちしたんですけど」

美緒はここを訪れるために昨日の内に用意しておいた回覧板を手にしていた。

「あ、そう。そこの賽銭箱の横に置いといて。あとで見るから」

お堂の中からは、相変わらず気のない返事が返ってくる。

「私、お初なんで今日は弁財天様にご挨拶だけでもと思いまして……」

美緒はなんとかひと目だけでも弁天様のお顔が見たいと思った。

「私今、人前に出るような格好してないのよ。貴女も女だったらわかるでしょ。ノーメイクの普段着なの、街で会ったら弁財天とはとっても見えない格好よ。だから、アポなしは勘弁して」

ここまではっきり言われると、美緒は引き下がらないわけにはいかない。

「すみません、これから気を付けます。それではまた明日このくらいのお時間にお伺いいたします」

「もう、来なくて良いわよ」

弁天からキツイ一言が返される。

「あの、回覧板の回収もありますから」

「……そう、それなら賽銭箱の裏にハンコ押して出しとくわ」

「それは助かります。ちゃんとお読みくださいね」

「読むわよ。私がいつ、読まないでハンコ押すって言った？　しつこいわね!!」

美緒は弁天に言い返させるのは覚悟の上で、回覧板についてはそこまで言っておきたかった。

「ごめんなさい、ごめんなさい。念のためです」

美緒はそれ以上、話し続けると回覧板を突き返されると思い、そそくさと弁天堂をあとにした。

店に帰ると弥太郎が奥座敷の居間でパソコンを見ながら、寂しく手酌で熱燗を空けていた。

「ただいま」

「お帰り、どうだった？　ちらっとでも弁天様にお会いできたかい？」

「だめ～弁天堂から出てくる気配まるでなしです」

「ほら見ろよ、出てくるはずないって。長い付き合いで七福神チーム組んでんだから、下っ端の僕だってわかるって」

弥太郎はそう言って、やっぱりという顔をした。

「でも、明日は彼女、私の前に必ず出てきますよ。私それはわかるんです」

美緒がやけに自信ありげにそう言うから、弥太郎はその美緒の自信のほどにむしろ驚いた。

「ホントに～？　信じられないなぁ」

そう言って、弥太郎は美緒の方をそれ以上見向きもしない。手元には空になったお銚子が五本も転がっていた。

「美緒ちゃん、おかわり!!」

顔が赤くなり始めた弥太郎が、空になった徳利を振って催促する。

「はい、はい、今お持ちしますから。その代わり明日は一緒についてきてください。弥太郎さんを久しぶりに亀戸の弁天様にお引き合わせいたします」

「わかりました。行きます、付き合わせていただきます」

弥太郎にそこまで言わせて、美緒は少し納得できた気がした。


その翌日、ランチタイムが終わると、美緒は約束どおりに弥太郎を連れて東覚寺の弁天堂にやってきた。

仕込みを終えて、お店番は三河屋が紹介してくれた臨時のバイト君に任せてきた。

「ついてこいっていうから来たけど、僕が一緒だと余計弁天堂から出てこなくない？　彼女、僕みたいなタイプ嫌いな気がすんだよね、わかるんだ」

と弥太郎は亀戸弁財天絡みの話には全面的に否定的だ。

「その予感は当たりかも、私もそう思います。顔だけ見てれば腹も立たないんですけどね」

美緒は今日は彼女に会うと決めていたのだが、会う前から弥太郎と押し問答は嫌だったので、ここは話を合わせる方向にした。

「ハイハイっと」

その美緒の態度を見て、弥太郎は少しは美緒も弁天の頑固さをわかってくれたと勘違いした顔になった。

弁天堂の前に立った美緒は昨日と同様に、お堂の中の弁財天に声をかけた。

「こんにちは、昨日お邪魔させていただきました七福神食堂の綾小路美緒です」

「あっ来てくれたの、ちょっと待ってね」

昨日とうって変わってこれほど高いトーンの声を出すのかと美緒は驚いた。

うるさがる感じが消えて、まるで美緒が来るのを楽しみに待っていてくれたようだ。

弥太郎の予想に反して、お堂の中から軽い足音が聞こえて、さっと内側からお堂の扉が開いた。扉の開け方もまったくためらいがない。

「ほらね」

そう小声で言って美緒は弥太郎の方を向いて、ウインクして見せた。

弥太郎は美緒が昨日どんな魔法を使ったのか信じられないという顔で、目を丸くして久しぶりに見る弁財天の顔を穴の開くほど見つめている。

確かに弥太郎が言ったとおり、一般的に知られている弁財天より全体的にぽっちゃりしている。外に出ていないせいか不健康そうな太り方なのが美緒は気になった。

「回覧板、戻すわ」

そんな美緒の心配をよそに、弁天は明るい声でそう言いながら美緒の後ろに立っている。

背の高い弥太郎の顔をちらっと見たが、特になにも言わなかった。

続いて手に持っていた回覧板を美緒の方に無造作に差し出した。

「やぁ久しぶり、福禄寿食堂の伊勢弥太郎です」

弥太郎はそう言って、自分の方から手をあげて弁天に笑顔で挨拶した。

挨拶くらいしておかないと自分の立場がないと思ったからだ。

「あらっ珍しい、昼間に貴方を見たの初めてじゃなくって」

弥太郎から挨拶された彼女は、眉を少しあげて、伏し目がちに皮肉交じりにそう言った。

弁財天は話すときでも、弥太郎には視線をはっきり合わせようとしない。

「そうでしたっけ？」

と弥太郎はとぼけた顔をする。

「ぷっ」

美緒はそのふたりのやり取りがなんだかおかしくて、つい噴き出してしまった。

「ちゃんとハンコ押していただいたんですね、回覧板。ありがとうございます」

「当たり前よ」

「可愛いハンコですね」

美緒は弁天の押したピンクのハンコに目をとめて、話を続けた。

「自家製の白蛇ちゃんハンコよ。それより貴女この記事本当？」

弁天は回覧板を指して、美緒に聞いてくれた。

美緒は彼女からのその言葉を待っていた。

「七福神回覧板に嘘や、はったりは一切書きません」

弁財天の質問に美緒は正面を向いてはっきりと答えた。

「そう、それじゃあ二千年以上太っていた恵比寿や大黒天が六十五キロの減量に成功って、この写真ホントなのね」

回覧板には使用前、使用後と、それぞれのふたりの写真が載っていた。

無論この回覧板自体、弁天にしか見せていない美緒の特別製の秘蔵ショットなのだ。

美緒が持っているこの写真は、彼らに自らの努力の結果を覚えておいてもらうために撮影したものなので、貴重な恵比寿と大黒天の記念写真を他に公開する気はまったくない。

今回は例外なのだ。

「ハイ、正真正銘の最近のおふたりの写真です」

美緒は再び迷いなくはっきりと弁財天にそう答えた。

そう言う美緒の顔をじっと見つめていた弁財天は遂に意を決したように、今までずっと誰にも言えずつかえていた言葉を口に出した。

「二千年近く痩せなかったあのふたりがこんなに細くなっちゃうんなら、私だってスリムになれるかなぁ？」

来たぁーーーーと、声に出さないで美緒は快哉を叫んだ。

魚は針に食いついたのだ。

「勿論です!!」

そう言って、美緒は弁財天の手を両手でしっかりと握り締めた。

「どうやるの？　貴女わかる？」

「私、おふたりの食事のダイエットメニューの指導員でした」

「わぁやった」

美緒の回答に、弁財天は飛び上がって喜んだ。

「厳しい食事制限は一切しません。ただ常に腸を冷たく保つことが彼らに守ってもらった消化を抑える秘訣です」

「そんな方法があるのねぇ？　私もできるかなぁ、成果あるかなぁ？」

「弁財天様がおやりになるのなら、私が考えました最新のダイエットメニューが最適かと思います」

「どういうの？」

「腸を低温に保つ食事で、吸収されにくいでんぷんを食材に使います。これが特製究極ダイエットメニューです」

「それってどうやって食べるの？　美味しいの？」

「毎日私が弁天様のお口に合った味付けで究極のダイエットメニューをお作りいたします。私の厨房のある福禄寿食堂がすぐ近くにあるので、散歩がてらいらしてください。運動にもなりますから」

「ホントに、悪いわねぇ。でもそれならダイエットしっかり続けられそう。私さ、以前から料理が苦手で、どうしても外食が増えがちだったんだ」

「それで……」

「そう、外食って味の濃い一品メニューが多いでしょう。それに油と塩の使用量も半端ないしさぁ。そればっかり食べてたら、味覚が慣れちゃった感じ」

「そうです。素朴な味覚を取り戻すことも今回のダイエットのテーマのひとつです。美人は味覚もしっかりしているんです」

「わかったわ、この弁財天を今日からよろしくお願いいたします」

そう言って弁天様は美緒に丁寧に頭を下げた。

弥太郎はそのふたりの会話を、まるで珍しいものでも見るように黙って聞いていた。

「こちらこそ、頑張らせてください」

美緒が弁天にそう答えて頭を下げる。

「私甘いもの大好きでさぁ、それもダイエットの大敵よね？」

弁天が言い出しにくそうに、美緒に尋ねた。

「今回は甘いものは大丈夫にしちゃいましょう。でも五度以下で摂取しましょう」

「五度以下なら食べていいの？」

「ええ、たとえばかき氷ならたくさん食べてもOKです。イチゴや杏、抹茶などなにを載せてもOKですよ」

「ホントにぃ？　私かき氷大好き、かき氷が食べられるんなら、ハンバーグとかラーメン、ピザとかは全然我慢できそう」

「はい、かき氷はいくらでもお召し上がりください。なにしろ弁財天様は神様ですから、味覚は人間と同じでも胃腸を冷やしてお腹を壊すなんてことはありません。毎日、食事のときは腸内温度を零度以下に冷やしてから、主食をいただいてください」

「私、ずっと胃腸は健康すぎるほど健康で、だから栄養を吸収してこんなに体重が増えちゃったのよね」

「今日からあなたは変われます。このクールダイエットなら、一か月で見違えるプロポーションになることをこの綾小路美緒がお約束いたします」

「おい、美緒ちゃんそこまで断言していいのかよ。恵比寿様や大黒天様だって六十五キロダイエットには、もう少し日数かかったんじゃない？」

弥太郎がさっと近寄ってきて美緒の耳元で囁いた。

「あの人たちは、ダイエット中もアルコールを絶やさなかったからよ。いくら胃腸の消化を抑制してもずっと飲んでるアルコールの糖分は液体だから、体内に吸収されやすかったの。うちの弁天様はお酒飲みませんよね？」

「はい、でも甘党なの」

「慢性のアルコール依存症より、全然好条件でしょう」

「そうそう」

「いざ、始めましょう、ダイエット大作戦!!」

それから昼、夜と弁天は福禄寿食堂に通って、美緒特製のダイエットメニューに舌鼓《したつづみ》を打つことになった。

かき氷を食前に食べさせたとしても、毎日の主食は変化をつけないとダイエットは続けられないと美緒は考えた。最初は七福神素麺で良いだろう。

それでも毎日だと、飽きてしまう。谷中の弁天と仲良くなりたい一心の恵比寿、大黒天のふたり組と同じにはいかないだろう。

そこで美緒は毎日、レジスタントスターチの応用例を考えていった。

冷たいカボチャスープ、水切りヨーグルトをマヨネーズ代わりに使ったポテトサラダ、冷めたご飯を使ったライスサラダ、刺身や寿司、冷しゃぶ、キーマカレー、冷素麺、いかわたのルイベ、マーボー冷やし中華、生はるまきといった冷たい食事の数々だ。

そして三週間……美緒が作った特製ダイエットメニューを食べに弁天は毎日福禄寿食堂に来ていた。

食事療法を続ける傍ら、ダイエット効果を少しでも早く出そうと弁財天はジムに通い始めた。

そのジムに様子を見に美緒が訪れると。

「美緒ちゃん、どうかな私」

「素敵ですよ、スリムアップして健康的です。殿方がほっときませんて」

美緒は思った。お世辞じゃなく、弁財天は顔から痩せていくタイプのようで、まるで別人のように見えるのだ。

「うわーうわー」

美緒に褒められた弁天は両手で頬を押さえて、嬉しそうに笑った。

「まだいけそうですね」

「私、頑張る」

ダイエットの効果で全体的にほっそりした弁天は俄《にわか》にやる気が出てきたのか、美緒に向かってガッツポーズをして見せた。両腕の力こぶが薄らとだが盛り上がり、シェイプアップされたウエストは引き締まって、めりはりのある体になっている。

もはや、三週間前の内向的な彼女ではなかった。


その数日後……。

弁天は規則正しくダイエットメニューを食べ続け、スポーツジムにも通い続けていた。

美緒はシェイプアップダイエット法の仕上がり具合を見せようとその日は敢えて弥太郎を同行させ、弁財天と待ち合わせしているジムに向かった。

「お待たせしました」

そう言ってスポーツジムのロビーに降りてきたのは、見たこともないスレンダーな健康美人だった。

「おい、美緒ちゃ〜ん、このレオタードの美人は何者だ。弁財天様と待ち合わせじゃなかったのか？」

少し顔を赤らめて焦った弥太郎はそう言って、美緒の耳元で説明を求めた。弥太郎の顔を見ているると真剣にそう話しているのがわかる。

女性ふたりの明るい笑い声がロビー全体に響き渡った。

「もう～だから男性は女性を外見でしか見てないって、女性たちから言われるんですよ」

美緒はそう言って、向かいに座った女性と頷き合っている。

弥太郎さんの目の前に座っているのが亀戸弁財天様ですよと、美緒は弥太郎に耳打ちした。

弥太郎の呆気にとられた表情は、そう聞いてさらに驚きを増したようだ。

「びっくりだよ。凄い美しくなられましたね」

「ありがとうございます。弥太郎さん」

「はい、でも失礼を承知で言わせてもらえば、谷中の弁財天様の色気には……」

弥太郎は短期間でダイエットに成功した亀戸の弁財天様に確かに驚いたのだが、目の前の美人を見ただけでは、谷中の弁財天への思いをすっぱり断ち切ることは難しいようだ。

弥太郎さんはやはり見た目で判断する男なんだと、美緒は少し悲しい気持ちになった。

美緒は弥太郎に向かって言った。

「亀戸の弁財天様の魅力が弥太郎さんにわからないんですね。それに自分のチームの紅一点を大切にしておいた方が良くありませんか。よそ様のチームの神様に浮気心を出すと、身近に敵を作ることになりますよ」

弥太郎はその一言に思わず先ほど口が滑ったことを後悔したが、すでに遅かった。向かいに座った弁財天の顔は笑っていたが、目が弥太郎をじっと見据えて笑っていなかった。

「うわぁ～大切にします」

弥太郎はふたりに挟まれてテーブルに頭を擦り付けるほど下げて、何度も謝った。

「そう、そう」

その一か月後、亀戸弁財天の近くには、「ダイエットに最適」と書かれた看板の一口茶屋がオープンした。メインのメニューはかき氷だ。

店主の弁天が自らシェイプアップしたレオタード姿で優雅に給仕に立った。

その店はSNSを通じて女性に大人気となった。

彼女のスリムなプロポーションに魅せられて、七福神巡りや参拝に来た女性客たちはその店に通い続けて、いつの間にか常連さんになっていった。

それから亀戸七福神の会合には、亀戸弁財天の存在は欠かせないものとなったそうだ。

第八章　嘘つき男と親子丼

暑さが和らぎ夏も終わる頃、美緒がいつものように店の厨房でランチの仕込みをしていると、そこに男がひとり訪ねてきた。

薄い灰色のシャツの上にカジュアルなジャケットを羽織り、この季節には少し早すぎる桃色のマフラーがやけに人目を惹いた。

「私は、亀戸天神の使いの者です」

引き戸を開けてそう名乗る男の声に、美緒は厨房から出てきて挨拶をする。

「いらっしゃいませ。福禄寿食堂にようこそ。私は美緒、この店の料理人です」

「ふむ、あなたが美緒さんですか。もっと年齢のいった方だと思ってました。意外にお若い方だったんですね。その若さでこのお店を切り盛りされているとは立派ですね」

「いえそんな、私などはまだまだほんの若輩者です」

「ところで、今日伺いましたのは我が主亀戸天神様が美緒さんのお噂を耳にされて、ぜひ我が天神食堂用に新メニューを考案していただきたいと申しておりまして。その相談で参りました」

美緒は驚いた。

自分は七福神食堂の料理人なのだ。うつし世の地図では「福禄寿食堂」と亀戸天神はすぐ近くにあっても、亀戸天神は七福神グループではない。

その亀戸天神が敢えて人間の料理人の自分を指名して、こんな相談を持ち込むとはどうしたことなんだろうと。それに亀戸天神の境内や周辺は十分賑わっていて、美緒がなにかこれ以上手を入れられる余地などあるのだろうかとも思った。

「私がですか。他のお店のメニューなんて……。ここのお店の料理だけでも私、手一杯で、天神様のお役に立てる新メニュー作りなんて、とても、とても、無理だと思います」

「いやいや、ご謙遜を。それにこのお話をお断りになると損ですよ。天神様はそれ相応のお礼を用意されておりますから」

「恐縮です。でも、自信全然ありませんから、今回は辞退させていただくということで」

せっかくのお誘いだが、美緒は深く頭を下げて天神の使いに辞退の意思を伝えた。

「それは許されません」

男は短く断固たる声音で美緒の辞退を拒絶した。

「ええっ!!」

この話そんな絶対強制なの？　天神様のご威光ってそんなに強烈なんだ……美緒は使いの男の断固たるその言い方に驚いてしまった。

「それでは早速、明日から亀戸天神にいらしてください。よろしいですね」

「ええーっ……。ちょっ……、まっ……」

美緒はどう答えたらよいのか、わからなくなってきた。

自分は「福禄寿食堂」に雇われている身だ。天神と福禄寿のどちらが偉いかは知らないが、呼ばれたらどこへでも料理をしにいってていいほど気楽な立場じゃないはずだ。

美緒がなんとかこの話を断れないか考え込んでいると、男は用件は済んだと言わんばかりに帰ろうとしている。

「あっ、ちょっとお待ちください」

「用意ができ次第いらしてください。明日お待ちしています」

使いの男の否でも応でもない言い方に、美緒は咄嗟にそれ以上なんと答えてよいのかわからなかった。

美緒の困惑などお構いなしに、その男は天神様の伝言を伝えて、そのまま帰っていった。

美緒はぽかんとして、その場に取り残されてしまった。


男の姿が完全に見えなくなったあと、美緒は厨房に戻ってきて、ひとりでしゃべり始めた。

「弥太郎さん、今の聞いてた？　明日から亀戸天神に行かないと。留守の間お店お願いしますよ。っていないのか……」

弥太郎がどこかに隠れて聞いているかもと期待して話しかけたが、それは無駄だったようだ。

「大事なときはいつもいない。まったくどこほっつき歩いてんだか」

そう言って美緒は少しむくれ顔で、ランチの仕込みに戻った。

話は一日前にさかのぼる。

谷中の弁天堂は不忍池に囲まれている。

宵の刻から酩酊した弥太郎が、左手にワインボトルを提げて、弁天堂の扉をノックしている。

「良い山梨ワインが手に入ったんですよ、貴腐ワインですよこれ、弁天さ〜ん、今宵は共にチーズでも肴に盃を重ねませんか？」

でもお堂の中に人の気配はない。

不忍池の畔に弁天団子という一口茶屋がある。そこが谷中の弁財天様のお店だが、弥太郎は先にそこにも顔を出していた。白蛇の化身の茶屋のお店番に主人の居場所を尋ねると、ここ数日どこに行ったのか店主が戻られた様子はないということだった。

「主人は気まぐれなんですが、あの摑みどころのないところが良いと言われる殿方も多いもので……」

弥太郎に白蛇はそんなことを言った。

そこで、弥太郎はてっきりお堂に戻って彼女が休んでいるのではないかと、ここまで足を運んできたのだが、それもどうやら空振りに終わったようだ。

弥太郎は気分を変えて、浅草のホッピー通りにでも行こうかと踵《きびす》を返し一歩きだそうとした。

「そうだ……」

この珍しいワインは弁天にプレゼントしておこうか……。

彼はそう思って、貴腐ワインのボトルをそっとお堂の賽銭箱の後ろに押し込んでおいた。

こうしておけば、自分が来たことが弁天にはわかると弥太郎は思ったのだ。

ワインの土産を置いていくのは自分くらいだと考えるのは、余程弥太郎が自己中の証拠だろう。

彼が賽銭箱の横から立ち上がって上野のお山の方角、弁天堂の後ろを振り返ると、そこには弥太郎が会ったことのない見慣れぬ男がひとり立っていた。

薄い灰色シャツの上にカジュアルなジャケットを羽織り、季節に合わない桃色のマフラーをしている。

「弥太郎さん、お手紙をお持ちしました。好い人からですよ」

「ぼ、僕にかい？」

弥太郎は文を受け取って、早速その差出人を見た。

封筒の裏に弁天堂の印が押してある。

彼女は今日僕が来るのがわかっていたのかと思い、その手紙を受け取った瞬間から弥太郎の沈んだ気持ちが一変して有頂天になった。

「そうです、それじゃあ確かにお渡ししましたよ。私はこれで」

そう言って男は早足で、上野の森の方に歩き去っていった。

弥太郎は受け取ったその文に視線を落とし、もう一度顔をあげて男の去っていった方向を注意深く見た。

すると、どこに消えたのか男の姿は、もうどこにも見えなかった。

空には小鳥が一羽ヒーヨヒーヨと口笛を吹くような声で囀《さえず》って、優雅に大きく輪を描いていて飛んでいた。

「ふーん、亀戸天神の心字池《しんじ》に来てか……まだあそこでフラフラしてたのか」

そう言って、弥太郎はその手紙を内ポケットにしまい込んだ。

ワインはそのままお堂に置いておき、亀戸に行こうと歩き始めた。

弥太郎は弁天が避暑のつもりか、夏場はずっと亀戸の心字池に入り浸っていたのは知っていた。

しかしあそこは天神様の結界の中心だ。

自分は谷中弁天のように、とこ世の結界どこでもフリーパスのようなわけにはいかない。人間の表現を借りれば、亀戸天神は他人様の家で敷居がそれなりに高いという感じだ。

しかし今日は彼女からの招待状がある。これなら亀戸天神の敷地に入り込んだって、いきなり神官から怒られることはないだろう。

そう思った弥太郎は、酔いも伴って軽い気持ちで天神様の鳥居をくぐった。

参道を進むとすぐに有名な太鼓橋のかかる心字池がある。

弥太郎はそこで弁天の気配を探った。五感を研ぎ澄ませて天地水中まで、彼女の霊波を探知しようとした。

おかしい。

この近辺に弁天はいない。

それを確信した途端、弥太郎の心に強い警戒警報が木霊《こだま》した。

こんな危機感は感じたこともない、早く立ち去らないといけない、弥太郎は足早に池から離れ始めた。

(ここは亀戸天神の結界の中だ。急いで出た方が良い)

弥太郎は、注意深く四方に視線を走らせ、急いで参道の鳥居を潜り抜けようと走りだした。

「もう遅いわ、小僧」

するとそこへ天から怒りの声が響き渡ってきた。

弥太郎は咄嗟に体を細く線のように伸ばし始めた。そのまま糸のようになってこの場から消える算段だ。

「ふふん、酔っ払いの小僧め。神聖なる我が結界を侵す不届き者は、天神の怒りを思い知るがよい」

「ちょっと待って、ここに弁天様の招待状が……」

そう言って弥太郎は急いで体中を探すが、先ほど桃色のマフラーの男から受け取った弁天の招待状は体中どこを探しても見当たらない。

「ない……そんなぁ～」

天から降り注ぐ稲光が辺り一面を照らし出す。弥太郎の作る細い影が、その光の中でくっきりとその形を映し出し、弥太郎の存在が浮かび上がる。

「そこか、小僧」

「ああっ」

弥太郎はそう一言声を残して、消え失せてしまった。

そのあとには亀戸天神の魔封じのお札が一枚残された。

どこから現れたのか、ひとりの男がそれをゆっくりと手に取って、拾い上げる。

「谷中弁天の招待状だって、嘘に決まっているだろう」

男はそう言って、口元でにやりと笑った。

男の首には桃色のマフラーが巻かれていた。

弥太郎は亀戸天神の怒りに触れて、瞬時にお札に封印されてしまったのだ。

とこ世に生きる者は皆、神体は不死だが、封印されてしまうと死ぬことはないにせよ身動きができなくなってしまう。外部からお札になにもしないと、その掛けられた封印は永久に解けることはない。

すなわちこのままでは、弥太郎はずっとお札の中に閉じ込められたままなのだ。

福禄寿食堂では昨日から姿を見せない弥太郎を美緒が心配していた。

美緒は明日になってでも弥太郎が戻ってきてくれないと、亀戸天神に出かけるときに店番がいなくなってしまうと案じていた。

メニューの開発は一日で済むとは思えなかった。使いの男は天神様が納得のいく新メニューを考案するまで、毎日亀戸天神まで通わないといけないような口ぶりだった。

とはいえ明日から店をずっと閉めるわけにもいかないので、美緒はとにかく必死になって弥太郎を捜し出そうとしていた。

まず美緒は顔の広そうな三河屋の携帯を鳴らしてみた。

「もしもし福禄寿食堂の美緒です」

「おう、美緒ちゃんかい。急な宴会でも入ったのかい？　良いマグロが入ってるよ」

「そんなんじゃないんです。うちの弥太郎さんどこかで見かけませんでしたか？」

「弥太郎がいなくなるのはいつものことだろう。そのうちひょっこりと、どっからか出てくるんじゃないのかい」

「それが、事情があって明日から私、天神様のところに、出かけないといけなくて……」

「そりゃぁこまったねぇ。天神様といえば、思い出した。亀戸天神の近くで弥太郎が歩いてるの見かけたかな～」

「それって、いつ頃ですか？」

「昨日だよ。確か宵の刻を回ってたなぁ～」

昨日は夕方までお店にいたはずなので、時間については当てにならないが、貴重な情報だ。

「ありがとうございます!!」

美緒は何事も人に聞いてみるもんだと思った。少なくとも昨日の午後、弥太郎が亀戸をフラフラしていたことは、これでわかったのだから。

美緒はもっと情報が欲しいと思った。

今度は、弥太郎からもしものときにと教わっていた福禄寿の電話番号を押してみた。

今までこちらからかけたことのない番号だった。

「この番号はお客様の御都合により……」

メッセージが流れる、使えない。福禄寿は電話料金を滞納しているのかしら、と美緒は落胆してしまった。

店を始めて、まだそう期間が経っていないし、とこ世にはまだ知り合いも少ないけれど、お店のお客さんなら多少は知り合いができてきている。

美緒は店に来るお客様からいただいた名刺の中から、悩んだ末に魚男の携帯に電話をかけてみた。

他にもかけられるお客様はいたのだが、敢えて彼にしたのは裏の事情に詳しそうに思えたからだ。

「ああっ美緒さんか、どうかしましたか？」

「あのう、つかぬ事をお伺いしますが、弥太郎さんを見ませんでしたか?」

「えっ弥太郎を見なかったかって、あの失礼な男だろう。うちの水神様からお金を借りといて、借りるときだけしゃらっと頭を下げて、返済が遅れ続けているのに『遅れます』とか、『すみません』の一言もない」

「すみません!!」

「私はね、美緒さんの顔を立ててお待ちしてますけど、うちも金貸しが商売なんでそう甘い顔ばかりできないんですよ」

「はい、はい、申し訳ありません」

「わかっていただけますよね?」

「それはもう、水神様にはずっとお待ちいただいて、私も申し訳ないと思ってます」

「まあ美緒さんに言っても仕方ない。ところで、ここだけの話、不忍の池で弥太郎を見たって話を聞きました」

「それっていつですか?」

「つい昨日の話さ。それで、美緒さん、もし彼が捕まっても取って食いやしないので、一度水神様のところに頭下げに来させてください。私の顔も立ちませんから」

「すみません、すみません。必ずそのようにいたします」

美緒は電話を切るとがっくりと肩を落とした。

なんでこんなに私が頭下げないといけないんだ。

それにしてもこれでもうひとつ彼の手がかりが手に入った。

不忍池には谷中の弁天堂がある。

弥太郎さんは、谷中の弁天様にちょっかいを出している可能性があるということだ。

まさか女性トラブルか……、美緒はため息をついた。

よりによって亀戸弁財天が美しく生まれ変わったあとなのに。

谷中の弁天様といえば、七福神の紅一点の弁財天の中で最高に色気があって美人で、男性神たちからの評価がすこぶる高い女神。

弥太郎ごときには高嶺の花だ。

酒飲みの優男《やさおとこ》が言い寄っても相手にされるわけがない。格が違うと思い、美緒は呆れてため息を吐いた。

しかし今の状況ではそんな弥太郎を当てにしないといけない。そんな自分が、歯がゆくもあった。

でも周囲を見回しても頼れるのは、弥太郎しかいないのだ。

美緒は店を閉めると香取神社に足を向けた。

「おう、美緒ちゃんじゃないかぁ〜」

少しやつれたような大黒天が境内からのっそりと顔を出した。

「ダイエット、順調ですか？」

「もう順調、順調、見てよ。もう少しで七十キロ減、達成じゃよ」

「あまり無理をされない方が……」

「無理なものかい。まだまだいけそうじゃよ」

美緒は改めて思った。

恵比寿も大黒天も福々として太っているから、健康そうで縁起がよさそうに思えるのだ。

痩せて贅肉が取れてすっきりした方がいいのは人間の場合だけで、神様は太っていても特に病気にはならない。

それなら無理して痩せない方が良いんじゃないだろうか？

「ところで今日はどうしたんじゃ？」

「それが、弥太郎さんを見ませんでしたか？」

「さぁなぁ？　儂らは最近は酒も控えてここで休んでいるか、冷麵を食べているかで、外にはまるで出てないからなぁ……」

「そうですか、ありがとうございます。お邪魔しました。また来ます」

「話は違うけど、儂らに弁天嬢の手紙を届けてくれた小鳥が、男に化けたのを見たのじゃよ。暑いのに桃色のマフラーなんて、おかしな男じゃと思ったら鳥が化けておったんだな」

「え？　どうして今、その人のことを思い出したりしたんです？」

美緒は突然関係ない話を始めた大黒天を、不思議に思ってそう聞いてみた。

「弁天嬢からもらった大切な手紙がいくら探しても見つからなくてのう。手紙が見当たらなくなったのはちょうど美緒ちゃんの店に相談に行った日じゃったから、美緒ちゃんの顔を見たら急に思い出したんじゃよ」

「弁天様のお手紙は、まだ出てきていないんですかぁ？」

「確かに弁天嬢からのお手紙は、儂が大切に懐に入れといたんじゃが、おかしいのう。美緒どの、もしかしたら儂等が福禄寿食堂にお邪魔したとき、落としていかなかったかのう？」

「掃除はしましたが、手紙は落ちていませんでした。残念ですが……」

「弁天嬢に会えない日は、せめて彼女の書いた文の優しい文字などを読み返したくてのう」

大黒天がしんみりとそう言った。

美緒は思った。

自分のところに亀戸天神の使いだと言って現れたのも、桃色のマフラーを首に巻いた男だった。

そんな偶然って、果たしてあるのだろうか？

ふたりは同じ人間と考えておかしくない。その方が自然だ。

そうだとすると、弁天の使いと亀戸天神の使いは同じ男だったことになる。

それってどういうことなんだろう。

美緒はその日遅くまで、連絡のつく店の常連たち皆に電話をかけ続けたが、弥太郎の行方は一向に摑めなかった。

どうやら昨日の夕刻、亀戸天神で見掛けられてから彼の足取りはぷっつりと途絶えてしまったようなのだ。

美緒はなにか嫌な予感がした。

彼が誰かに迷惑でもかけてしまっていないだろうか。

なにかトラブルに巻き込まれたりしていないだろうか。

そこで仕方なく美緒は翌日、店を閉めて臨時休業の札を表の引き戸に掛けた。

そして、覚悟を決めて亀戸天神に向かった。


亀戸天神の境内の事務局入り口で美緒を出迎えてくれたのは、先日美緒にここに赴くように天神様の託《ことづけ》を持ってきた男とその奥さんのふたりだった。

「私は照夫《てるお》、妻は雨《あめ》と言います」

そう聞いて美緒はあることに気が付いた。

ふたりとも人間の形をうつしているが、うそ鳥神の化身であることは間違いない。

男は昨日見たときと同じに桃色のマフラーをしていたのだ。だがこれはマフラーじゃない、うそ鳥の首の色そのものだ。

他の鳥と違って、うそ鳥に限って雌雄に別の呼び名がついている。首の色が桃色なのは雄だけだ。

雄は照鷽《てりうそ》、雌は雨鷽《あめうそ》と呼ばれている。

このうそ鳥はオシドリのように一夫一妻制を取っている鳥でもある。

うそ鳥もオシドリと同じに夫婦仲が良い。晴れと雨で一対になり対照的だが、お互いに補い合っている様を現した呼び名だ。

仲の良い人間の夫婦になぞらえたのだろう。


美緒に新しいメニューを考案させるようにと、天神からふたりに命が下ったのなら、美緒としてはできる限りその命に従って努力するしかないのだろう。

「うつし世側の亀戸天神の周囲には伝統ある美味しいお店がたくさんあります。文化二年創業の船橋屋本店はくず餅が有名ですし、鼈甲磯貝亀戸天神鳥居前店はべっ甲細工が素敵です。他にも飲食店や土産物屋が充実しています。ですから私は私なりに今までになかった新しい縁起物の食事メニューを考えてみました」

「縁起物ですか？　それは興味深い」

と照夫は美緒の話に身を乗り出した。

「亀戸駅から亀戸天神に向かう参道には、うそ鳥を模った石柱が車道の両脇の歩道に並んでいます。そして亀戸天神には一月二十四日、二十五日には鷽替えの神事があります。このうそ鳥にちなんだ縁起物の丼、うそ鳥の親子丼というのはいかがでしょうか」

「親子丼ですか、それが縁起物ですか？」

「はい、嘘を食べて目標を現実にするという縁起担ぎの意味があります」

「それは良い。しかしうそ鳥は小さい鳥だし、鶏のように肉はたくさん手に入りませんよ。スズメのように丸焼きにでもしないと食べるところがないですよ」

「それはご心配なく。普通の鶏肉で良いかと思います。だってうそ鳥の肉というのも嘘、これは洒落が利いててよいんじゃないでしょうか」

美緒はにっこり笑ってそう答えた。

「なるほど、嘘に嘘を重ねるってのは、確かに洒落が効いてて面白い」

「あなた、これなら天神様にも新メニュー気に入っていただけますよね」

そこまでの経過を注意深く聞いていた雨という名の女性も、そう言って美緒のアイデアに賛同してくれた。


美緒はふたりの案内に従って、亀戸天神の社務所の奥の厨房に通された。

意外にそこは広く、福禄寿食堂の五倍はあると思われた。

「ここは祭祀の際に神前に出す供物やら氏神様の祭事の際に氏子の方々に振る舞うお食事などをお作りする場所でございます」

「ふーん」

「とこ世では神社の周りで営業している店舗で振る舞われているお食事、土産物の味も神官たちが定期的にお調べさせていただいています。どちらのお店もこの亀有天神の名に恥じぬよう、味の衰えがないよう、本殿はそのチェックを欠かしません」

「それで、私はここで新メニューをお作りすれば良いのですね」

美緒は、鶏のもも肉の選定と白米の炊き方に気を遣って持ち込んだ食材を調理台に広げた。

まずご飯の仕込みからだ。

大きめのボウルに米と水を入れ、ひと混ぜしてさっと水を捨てる。この作業を二〜三回繰り返す。次に米を手のひらでぎゅっと押すように研いでいく。力を入れすぎると米が割れたりしてしまうので注意。

ボウルの中の水が白く濁ってきたら水を注いで、ひと混ぜして手早くその水を捨てる。ここで時間がかかるとぬか臭さが今度は逆に米に吸収されて、美味しく炊き上がらない。

炊く米の量が増えると力のいる作業だが、ご飯が美味しいことが丼物の基本なので、この作業が大切になってくる。

この作業を水が濁らなくなるまで繰り返す。

そこで、研ぎ上がったお米を一旦ザルにあげて、しっかりとすすぎ、水を切っておく。

炊飯器の内窯に水を切った米を入れ、水加減を調整する。

炊飯器のスイッチを入れて、炊き上がるのを待つ。待っている間に鶏肉を調理する。

鶏肉は高齢者の参拝客のことを考慮して、余計な脂は取り除き、筋を切っておく。下処理の済んだ鶏肉は、食べやすく、均等に火が入り、仕上げも綺麗になるようにやや小さめの角切りにする。

玉ねぎは単に薄切りにするのではなく、適当な歯ごたえや、卵とのバランスを考えて厚みを調整する。

次に味のかなめとなる「テリタレ」を作る。

醤油二に対してみりん一を鍋に入れ、最初は強火、沸騰したら弱火にして煮詰めていく。そのまま焦がさないように気を付けながら、半分の量になるまで煮詰めたら完成。

その間、アク取りをこまめにやることもポイントだ。

下拵《したごしら》えができたら、雪平鍋にだし汁とテリタレを入れ、その上に玉ねぎを敷いて鶏肉を置き、火にかける。鶏肉に火が通ったら、溶き卵を回しながら入れていく。

箸で大きくかき混ぜ、卵に八割がた火が通ったら、火を止める。

強火で卵に完全に火が通ってしまわないように火加減には注意が必要だ。

炊き上がって蒸らしたご飯は、米粒を潰さないように混ぜたら、丼にふわっと軽く盛り付けると、食べたときに空気を含んで美味しく感じる。

そこへ先ほどの鶏と玉ねぎの卵とじをよそい、最後に三つ葉を載せれば、美緒流「うそ鳥の親子丼」の完成だ。

「ご高齢の参拝客、家族連れのお子様のことも考え、小盛丼や、お子様ランチ風の子供メニューも出しましょう。お子様ランチには亀戸にちなんで亀の形をした小さなクッキーなどを添えて、子供おみくじとか付けたらどうでしょう？」

ふたりは完成した親子丼を見て、美緒の手際の良さに賞賛の拍手を贈った。

美緒もふたりの笑顔を見て嬉しかった。

味見を終えて、改めて作ったうそ鳥の親子丼の完成品をお盆に載せて、美緒は残っている大仕事に取りかかるべく、緊張して調理場から社殿の外に出た。

「その親子丼は？」

照夫が美緒にそう聞いた。

「持っていきます、おふたりとも私についてきてください」

一仕事終えたところで、美緒は改めて照夫に尋ねなければいけないことを表で聞くことにした。

「照夫さん、以前恵比寿様と大黒天様に谷中の弁天様のお手紙を届けたのはあなたですよね」

「ええっなんのことだい？　知らないよ」

照夫は明らかに美緒の言葉に動揺していた。うそは鳥の化身でも、白《しら》を切るのは上手じゃないようだ。

「今のお答えは嘘ですよね。その届けた手紙の内容も嘘。だって手紙消えちゃったそうじゃないですか」

「あなた、なんのこと？　私の知らないところでなにをしていたの？」

美緒に言われていつになく動揺している夫の態度に、今までにない不安感を覚えた雨は夫の二の腕を摑んで、詰め寄った。

このふたり、日ごろはいつも隠し事ひとつない仲の良い夫婦なんだと、美緒は想像がついた。

「いやいや、なんも天ん……」

夫がなにか言おうとしたそのときの表情を見て、雨が言葉を遮った。

「嘘!!」

雨にはわかるのだ。そのときの夫の顔つきで彼が言おうとしていたことが、真実なのかでたらめなのかが。

「そう、嘘ですよね。その手紙のおかげで恵比寿様も大黒天様も、今に至るまで大変な苦労をされてるんですけど」

美緒は照夫にさらに突っ込んで言った。

「あなた、それっていったいどういうこと？」

雨は恵比寿や大黒天のダイエットの話などまるっきり知らない様子だ。

「お前は黙ってろ。俺はそうしろと命令されて……いや、それも嘘だ」

照夫はなにをしゃべったら良いのか、混乱し始めた様子だ。

「嘘、嘘って、私たちうそ神は『不幸を嘘に変えて新しい一歩を踏み出すとき』に嘘を使っていいと最初に決めましたよね。それなのに誰かの利益のために、誰かを不幸に陥れる嘘をつくなんて」

「うるさい、仕方なかったんだ」

「それじゃあ、本当のことを話してください、私にだけは」

「言えない、恐ろしくて言えない」

照夫は両手を握り締めて、脅えたように、天を仰いだ。

それまで晴天だった空はいつの間にか厚い雲に覆われ、今にも雨が降りそうになり、真昼なのに周囲は夕闇のように薄暗くなってきていた。

美緒は怯え切った照夫を見て、彼はもう本当のことを話すのは無理だろうと思った。こうなったら自分が言うしかないと心を決めた。

「それなら私が言います。照夫さんに弁天様の嘘のお手紙を持たせたのは、亀戸天神様ですよね」

照夫の顔が恐怖と絶望に歪んでいく。

「だめだぁ、それを言っちゃだめだぁ」

照夫はそう言って絶望に打ちひしがれたように大地に膝をついて、頭を両手で庇いながら跪《ひざまず》いた。

「そして多分、弥太郎さんをどこかにやったのも天神様でしょう」

美緒は恐れずにそう言葉を続けた。

「そんなこと恐れ多くて、言っちゃだめだぁ〜。俺は永久に小鳥に変えられてしまう」

大地に額をこすりつけた照夫はそのままの姿勢で、震えながらそう叫んだ。

「私を鳥に変えてください、天神様。この人は許して!!」

雨が叫んだ。

「だって本当のことなんだもの」

美緒はそう言ってみたものの、越えてはいけない一線を越えてしまったことをほんの少し後悔した。

後悔を感じたのは、多分人知を超えた天神に対する畏怖の念が美緒の心の根底にあるからだろう。

「私、言っちゃった」

そう言って美緒は地面に平伏している照夫と彼の背中を庇うように抱き付いている雨の姿を見た。

そのときだ。雷の轟音と共に天から声が響き渡った。

「お前は誰だぁ〜この天神の名を汚すつもりかぁ」

天空を覆う厚い雲の一角が割れ、巨大な頭のシルエットがそこから姿を現した。

天神が現れたのだ。

「だって本当のことでしょう！　昨年の夏はここのお池に、ずっと弁天様が水浴びに来てくれてたんでしょう。それなのに今年は近くの香取神社に祀られている恵比寿様と大黒天様が彼女を連れ回して、弁天様が心字池に長くいてくれなくなったのが、天神様は嫌だったんですよね。それで照夫さんを通じてふたりに無理難題の手紙を渡した」

「ぐわぁあああ、黙れ黙れ黙れぇ――――」

天神が叫ぶと、大地が震えた。突風が吹き荒れ美緒やうそ鳥夫婦は飛ばされないように踏ん張る姿勢をとった。

美緒はそこまでしゃべったら、もういまさら黙るわけにはいかなかった。

「そして、やっと邪魔者がいなくなったと思ったら、とこ世のずっと格下の弥太郎さんがチャラ男のくせに弁天様の周りをうろうろしだしたのが、また気に食わなくなった。もう弁天様は亀戸天神の池に飽きちゃってどこかに行っちゃったのに、天神様はそれを弥太郎さんたちのせいにして」

「黙れ、黙れ」

「男らしくない、みんなに畏れられている天神様のくせして」

天神の顔が暗雲の中に隠れ、俄に空が真っ暗になった。そして天が割れたかと思われるようなけたたましい音を立てて稲光が続けざまに大地に降り注いできた。

美緒は自分が天神を怒らせてしまった手前、もはや引くに引けなくなっていた。

ここで背中を見せたら雷に打たれて黒焦げだ、美緒は腹を据えた。

少しでも怯えた素振りを見せたなら弥太郎はもう帰ってこない、そう思うと美緒は稲妻なんかにひるんじゃいけないと何度も何度も自分に言い聞かせた。

「天神様、誰かを好きになるって恥ずかしいことじゃないですから！」

美緒は叫んだ。

「ひかえろ娘！　天神様の御前だぞ！」

「わかった！　照夫さん、あなたが嘘をついたのね！」

美緒が照夫に言い返す。

「天神様に気に入られるために、あの手この手で弁天様をここにつなぎとめようとして、恵比寿様や大黒天様にも嘘の手紙を渡した！　そうですね！」

美緒がそう叫ぶと、風が止まった。

「な、なんだとぉ！　それはまことか!?」

「ひぃ〜、天神様、私は良かれと、良かれと思ってぇ〜。おっお許しを〜」

「だから、だからこのうそ鳥の親子丼食べてください。食べて今までのことは嘘にして、もう一度素直な気持ちで弁天様に気持ちを伝えてみてはいかがですか」

「儂がこれを、食べてよいのか」

天神の声が躊躇いがちに震えているのがわかった。

「はい、召し上がってください」

「召し上がってください、天神食堂の新メニューです！」

夫の背中を抱きながら、雨が叫んだ。

「食べるぞ」

天神がそう言うと、美緒が右手に持って高く掲げた親子丼が、風にさらわれて、天高く舞って消えていった。

「いかがですか？」

美緒が天神に感想を聞いた。

「うまい、美味しいぞ‼　このうそ鳥の親子丼」

「それなら私に弥太郎を返してください」

「バカめ、返すものか、奴の封印は絶対に解かん」

天神がそう叫ぶ。

「そんなぁ～報酬はいただけるって照夫さんが……」

美緒は愕然として、思わずその場に跪いてしまった。

「というのは、嘘だぁ。わっはははははっ。美緒、お前の作ったうそ鳥の親子丼不味かったぞ」

「え～」

天神の感想を聞いて、美緒は声をあげた。

「それも嘘じゃぁ～」

そう言い残すと、天神は風と共にどこかに消えてしまったようだ。

いつの間にか空は開け、抜けるような青空から日の光がふりそそぐ。

「あれれ、僕は今までどこでなにしてたんだっけ？　そうそう、弁天様誘って貴腐ワインでパーッと盛り上がろうと……」

気が付くと美緒のすぐ近くに弥太郎がしゃがみ込んで、頭を掻きながら周囲を見回している。

「弥太郎さん！」

美緒は思わずそう叫んで弥太郎に走り寄った。

「あれー、美緒ちゃん。こんなところでなにやっているの。うん？　どうして泣いているの？」

「もう、帰りましょ。お店閉めたまんまなんだから」

美緒は嬉しくて、涙が止まらなかった。

弥太郎さんのばかばかばか、美緒は心の中でそう叫んでいた。

「ありがとう、美緒さん。これからはもう良い嘘しかつきません」

照夫は美緒の方を向いて、深々と頭を下げた。

「良い嘘ってなんですか？」

雨が夫の言葉に軽く突っ込む。

良い夫婦だ、美緒は思った。

「またご参拝に立ち寄らせてください。うそ鳥の親子丼の作り方のレシピ忘れないでくださいね」

美緒はそう言い残すと、弥太郎と並んで境内をあとにした。
鳥居をくぐると天気なのに、ぱらぱらと小雨が降ってきた。
これは天神様の雨に対する御配慮なのだろう。

第九章　毘沙門天食堂

　くらもち珈琲は普門院《ふもんいん》の参道の脇にある。

　二日酔いの頭をすっきりさせようと、くらもち珈琲のカウンターでモーニングコーヒーを飲んでいた弥太郎の背後から、以前聞いたことのあるような声が聞こえてきた。

「若いの、背中ががら空きで隙だらけだ。こんなところを強盗、山賊にでも襲われたらひとたまりもないぞ」

「勇ましいお話で。そんなことを心配したことは生まれてからこのかたございません」

　突然おかしなことを言われた弥太郎は、丁重な言葉で返事をする。

「聞いたぞ聞いたぞ、やっと万年休業中の天祖食堂が息を吹き返したそうだな。それも開店と同時に人間たちからは結構な人気だという話じゃないか。店の名前まで変えて『福禄寿食堂』だっていいねぇ」

　弥太郎の後ろに立ったその男は彼の肩を軽く小突いた。

「毘沙門天《びしゃもんてん》様の耳にも届きましたか、うちのお店の噂は……」

　弥太郎に話しかけたその男は、頭には鳥が羽を広げたようなローマ風の鳥冠を被り、外套のような作りのペルシア風の甲冑を身に着けている。

　全身を鎧で覆った勇壮な毘沙門天が小ジャレた喫茶店に普通に入ってくるのはかなり場

違いな雰囲気なのだが、人間の目からは定年退職して暇を持て余しているセーター姿の初老のお爺さん程度に見えていることだろう。

毘沙門天に限った話ではない。他の神族は全て人間からは、それらしいうつし身にしか見えない。

世界の構造が、とこ世とうつし世が重なって存在している以上、よくあることなのだ。

「おっマスター、俺もコーヒーもらいます」

毘沙門天はそう言って右手を軽くあげてマスターに挨拶し、弥太郎の横のカウンター席に腰掛けた。人間の隠居老人の常連客のような仕草は芝居とはいえ実に堂に入っている。

「元気そうじゃないか」

さもしばらくぶりに会ったかのように、毘沙門天は弥太郎の全身を改めて足の先から頭までじっくりと見回した。

弥太郎はというと、じろじろ見られることは特になんとも思わないという素振りで、正面を向いて視線もそのままに、落ち着いてコーヒーを味わっている。

先ほどからまるで変わらない雰囲気で、朝の時間を楽しんでいる風だ。

「どうやら、毘沙門天様はここの常連みたいだね」

毘沙門天がいろいろと話したそうにしていると感じた弥太郎はそう言って、毘沙門天に話の水を向けた。

特に弥太郎の側は毘沙門天に用事はない。

ただ飲みすぎて、ほんの少し頭が痛いだけだ。

ところが毘沙門天は弥太郎に会ったこのときがチャンスと言わんばかりに、いろいろと彼に話したいこと、聞きたいことが口まで出かかっているようなのだ。

「俺はこの店のマスターの淹れてくれる深煎りブレンドが甚《いた》く気に入っているのだ」

コーヒーを一口啜った毘沙門天は、納得したように頷いてそう言った。

「それは良いことで」

弥太郎はさらっとそれを受け流す。

毘沙門天は弥太郎が自分から、最近の食堂の話をあれこれと話し出すかと思っていたのにまるで当てが外れて困惑した様子だ。

そこでしびれを切らした毘沙門天は積極的に弥太郎に「福禄寿食堂」の件を聞き始めた。

「おい、ヤタ、どうなんだよ話せよ、開店した店の調子は？」

正直、弥太郎にしてみれば店は美緒に任せっきりだし、お客の評判もわからないので彼としては、はぐらかすしかなかったのだ。

「まあまあかな～」

弥太郎は頭を掻きながら、お茶請けのコーヒー豆を口に入れたりしてみた。

「まあまあじゃわからないだろう。具体的にはっきりと話したまえ」

毘沙門天の表情が少し不機嫌そうになる。

短気な彼は若造に話をはぐらかされたことが面白くないようだ。

口をへの字に結んで眉間にしわを寄せている。

弥太郎はその表情を横目でちらっと盗み見て、むしろこの表情の方が毘沙門天らしいと思ったりした。

「もう、いったいなにが聞きたいんですか、そっちこそはっきり言ってくださいよ」

弥太郎は困った表情を浮かべて、毘沙門天に聞き返した。

「こほん、それはだなぁ俺たち七福神グループはみんな仲間だよな」

毘沙門天はそう言って、横に座った弥太郎に親しげに体を擦り寄せると、さらにそこで弥太郎の肩を抱いて、軽く叩いたりした。

「そうですね、仲間です」

上半身を揺すられた弥太郎が、そう言って彼に合意すると、毘沙門天はこの機を逃さんと言わんばかりに、急いで話の続きを始めた。

「仲間というより俺たちは家族だ。だってそうだろう、結界だって七福神グループは共有してるんだから。お前がこのくらもち珈琲で優雅な朝の一時が過ごせるのも全てそのおかげだ。家族であり、今風の言葉を使うならホールディングカンパニー、いやパーティーかな」

毘沙門天はそう言って、人間の組織に七福神を当てはめようとした。

「ずいぶんと人間界の風習に詳しくなったじゃないですか、毘沙門天様も」

「そりゃあなあ、はるばるインドから旅立ってもう何年になると思う。もうすぐ千年になる」

「インドで王をされてた頃は、そんな勇壮な鎧は身に着けていなかったんですよね」

「そうさなぁ。あの頃は財宝福徳をもたらすクベーラという神の名で崇められていた。千年ていやぁ長い長い、インドの高原地帯の石造りの神殿のことは、今となってはもはや忘却の彼方だ」

「僕は日本生まれの日本育ちで、まだまだ若造ですから」

そう答える弥太郎に、毘沙門天は得意気に言葉を続ける。

「ふふん、まあ長く生きてりゃ偉いってもんでもないがな。とにかくそういうお前も俺の家族だ。お前んとこは食堂を復活させて、客の入りもまあまあ良いみたいじゃないか。聞いたぞ聞いたぞ」

やっとこの方は聞きたい話を切り出してきたかと弥太郎はため息を吐いた。

「おかげ様で」

そう言って謙虚に頭を下げる。こういう輩には下手に余計なことを言わないのが一番だ。

「そんなときに次に手を貸すのが家族かと思いきや……だ」

毘沙門天も店を出しているが、その食堂は今ひとつ振るわない感じだと弥太郎の耳にも噂は入ってきていた。

弥太郎は話の先が見えてきたので、先手を打って言い訳をした。

「すみません、油断してたら天神様に封印されちゃって。僕は手も足も出ない状態で……」

毘沙門天には今の弥太郎の言い訳はまるで聞こえていなかったようだ。

このままでは、弥太郎や福禄寿食堂に対する嫌味たらたらの話になっていきそうだ。

飲み屋通いをしている弥太郎はこういったくだをまく高齢者の扱いに慣れているので、今までの少し無関心な態度を一変させて正面から話を聞くことにした。

そこは弥太郎のお調子者の性格が役に立つ。

「すみません、毘沙門天様の食堂にもお伺いさせていただこうと思っておりました。そうすぐにでもです!!」

毘沙門天の表情が弥太郎のその一言ではっきりわかるほどにほぐれていく。

「あっそう、嬉しいこと言ってくれちゃってさ。新メニュー作ってくれるなんて悪いね。うちの境内の周りの食堂はどこもパッとしなくてさぁ。どう思うヤタ？」

こちらから頼んで新メニューを作らせて欲しい話にされたようで釈然としない部分は残るが、ここは人間関係を円満に保つことを第一に考えようと弥太郎は割り切ることにした。

「わかりました、すぐにうちの腕利きの料理長を派遣しますから、少々お待ちください」

態度の急変した弥太郎に毘沙門天は上機嫌だ。

「待ってるからな」

コーヒー代をマスターに渡して、店を出ていく弥太郎の背中を見て、それまで黙っていたマスターが毘沙門天に口を開いた。

「お客さん、あの若い人とは以前からのお知り合いですか」

すっかり機嫌を直した毘沙門天は、笑顔でマスターに答える。

「そうね、世話焼いてんだ、以前から」

そう言う、毘沙門天に対してマスターが「どちらが？」と聞いた。

「勿論、俺が」

そう言って憤然とした表情になった毘沙門天は、どちらが世話役か年齢を見てもわかるだろうとでも言うように自分の胸を指さした。


福禄寿食堂の夜の営業は十七時からだ。

その日はすでに会社帰りのサラリーマン数人が店の前で、開店を待ってくれていた。

会社を早引けして美緒の作る料理を肴に、ビールで乾杯というところだろうか。

「おーい、美緒ちゃん景気はどうだい？」

開店とほぼ同時に弥太郎がお店に飛び込んできた。

開店準備中の美緒は、猫の手も借りたい忙しさだ。

せっかく帰ってきた弥太郎に仕込みの手伝いくらいはやって欲しいと思った。

「忙しいですよ。弥太郎さん、少しはお店のこと手伝ってくれても良いんじゃないですか？」

それに対して、弥太郎の反応はいつものようにまったく要領を得ない。

「それがさぁ毎日毎日野暮用が多くてさぁ。それにこの店の場合、客呼び込んでくる外部営業マンって僕だけじゃない。僕が出かけないと、この店の知名度あがらないしさ」

「知名度はもうこのくらいで良いんじゃないですか。十分ですよ。それより米とか肉とかを倉庫と冷凍庫に運び込んでくださいよ。私ひとりじゃ重くて、持ちきれません」

「そりゃぁ無理だ、それだけは無理。だって僕、封印されて腰痛めちゃってるからさぁ」

「わかりました、それならどっか行っちゃってください。邪魔ですから」

「そうそう、忘れるとこだったよ。普門院に毘沙門天様がいらっしゃってさぁ。先日あそこのすぐ裏の亀戸天神で美緒ちゃんが素晴らしい新メニュー開発してみせたじゃない」

「それで？」

「毘沙門天と天神の間って微妙なライバル関係にあるから、ちょっと厄介なことになってるんだ」

「知りませんよ。私、天神様の味方をしたくてメニュー開発したわけじゃないですから」

弥太郎を助けるためだったんだからという言葉が、喉まで出かかった。

「それはわかってる、わかってるけど毘沙門天様の気持ちにもなってよ」

「それって……」

美緒は弥太郎がなにか厄介なことを頼み込まれてきたということを察して、大きくため息を吐いた。

「普門院の周辺は参道にもほとんど飲食店がなく、土産物屋もない。平常時の参拝客の入りもいまいちだそうだ」

「それで、私にどうしろと言いたいわけですか？」

美緒が話に耳を傾けてくれたので、チャンスとばかりに弥太郎は今日の一件を話し始めた。

「さすが美緒ちゃん話が早い。普門院の毘沙門天から依頼が来た。あの天神を納得させた腕前が買われた、喜んでくれ。美緒に毘沙門天食堂に来て、新メニューを開発して欲しいそうだ」

「毘沙門天様って、勝負の神様ですよね。そんな荒々しい方のところで、私の考えるメニューが人気になりますかね？　ちょっと自信ないですね」

「それはどうだろう。まっ、本人は一千年くらい前までは財宝福徳の神様だって意識持ってるみたいだけど」

「それならまた、福にまつわる縁起物で一品作ってみますか？」

その美緒の提案に弥太郎が難しい顔つきで答える。

「漠然とした縁起物ってだけではだめだよね。ここならこれって決まり手を考えないと」

「あーん、そんなのすぐに出ませんよ」

「現地に行っていろいろ聞いてみたらアイデアも浮かんでくるんじゃないかな？　美緒ちゃんがメニュー開発で見えない壁に当たったら僕に相談すると良い。良いアイデアが教えられる場合もある。僕は経験とアイデアの宝庫だからな」

そう話す弥太郎は自信満々だ。

呆れた美緒は渋い顔になってしまう。

「はぁ、相談したいときにいつもいないのは誰でしたっけね」

「さあ、誰だろうねぇ。とにかく同じ七福神を助けると思って頼むよ」

同じ七福神グループと言われては断るわけにもいかず、美緒は弥太郎の話を引き受けることにした。

「まずは行って話だけでも聞いてきます」

そう言って弥太郎に店を任せると、美緒は普門院に向かった。


普門院は美緒たちの「福禄寿食堂」からそう遠くない。

歩いて五分ほどの場所にある。美緒が参道や近くの店の並びを見ていこうとしたら、普門院の外の道をうろうろしている甲冑を身にまとった大柄の毘沙門天に出くわした。

どうやら、すぐにここに来たのは正解だったようだ。

毘沙門天はかなりせっかちな性格なのだろう。美緒がこうして訪れてくれるのが待ちきれなかったに違いない。

「初めまして、福禄寿食堂で働かせていただいています美緒です」

「わざわざお呼びだてして悪かったね。毎日忙しいんだろう」

無論そうなのだが、美緒はそんなことは一切顔に出さないように心掛けた。

「いえいえいえ、お声がけいただき光栄です」

そうかそうかと言いながら、毘沙門天は美緒を先導して、毘沙門天食堂に案内するように歩き出した。

「ここって食事するお店がこの食堂しかないんですよね」

美緒はまず基本的なことを毘沙門天に聞いてみた。

「そうだ、なぜか周りが遠慮でもしているようにお店が増えないんだ」

「そうですか。それにお土産物の販売店もないですね」

参道にお店が少ないと周囲の商店街は盛り上がらないだろう。自然、客足も途絶えがちになってしまうと美緒は思った。

「俺はいろんなお店ができて欲しいんだが、なぜか誰も店を開けてくれないんだよな」

毘沙門天は困った顔で美緒の方を見た。

「きっかけが大切ですよね。それに特徴がないんです」

その美緒の言葉に毘沙門天は過敏に反応する。自分を愚弄するものは小娘とて容赦はしないという顔つきだ。

「なに、この俺が無個性だと言いたいのか？」

「違いますよ、毘沙門天様は特徴ありすぎです」

美緒は慌てて、前言を訂正した。

「それは誉め言葉と受け取って良いのか？」

「はい」

美緒は大きく何度も頷いて見せた。

「それで？」

「この周りに毘沙門天様にまつわるなにか手がかりになるお店がないから、なんのお店を作ったら流行るのか見当がつかないんです」

今度は美緒の気持ちが伝わったようだ。

「そうか、それは気づかなかった」

と毘沙門天は周辺の簡素な雰囲気を見回して、考え込んでしまった。

「気づくでしょう、お店ないんだから」

そんなことを毘沙門天と話しながら、美緒は普門院の参道から毘沙門天食堂に歩いていった。

「あっオーナー、いらっしゃい」

そう言って、給仕の女性が頭を下げる。

毘沙門天は軽く手をあげてその女性に応えるが、気持ちは美緒との話に一生懸命だ。

「それでどうしたらいい？」

毘沙門天は美緒にすがるように聞いてきた。

「はい……」

これと言った名案もなく急いで普門院に来てしまったので、美緒は具体的にしゃべることが見つからない。

そこへ厨房からコック姿の男が早足でやってきて、毘沙門天と美緒に深々と頭を下げた。

「羅刹天《らせってん》と言います。よろしくお願いします」

「私、福禄寿食堂の美緒です。よろしくお願いします」

美緒が自己紹介すると、羅刹天は早々に店の説明を始めた。

「毘沙門天食堂は大衆料理のお店、ハンバーグ、カレーライス、ピザ、親子丼、ラーメンまで揃えてあります」

そう説明されて、美緒はさっと店内を見渡してみたがお客さんはまだひとりもいない。メニューは充実していてもお店にお客が付いていないのだ。

この状況から盛り上げるのは、結構大変だと覚悟を決めざるを得ない。

毘沙門天には付き従える鬼神がふたりいる。

ひとりは目の前にいる羅刹天。もうひとりを夜叉《やしゃ》という。彼らの存在もあって毘沙門天は勇壮な神として讃えられてきたのだろう。

夜叉は薬叉《やくしゃ》ともいわれ薬の神様でもある。

ここ普門院の参道前毘沙門天食堂では、ふたりが交代制で調理を行っている。

ここまでの一連の説明は毘沙門天が羅刹天を紹介する流れで美緒に話したことだ。

「これ以上メニューを増やすのか？」

美緒を厨房に案内してきた毘沙門天の姿を見つけると、遅番で調理場に入ったばかりの夜叉が調理の手を止め、不安そうにふたりに近づいてきてそう聞いた。

それに毘沙門天が答える。

「おおっ夜叉、いつもご苦労様。今日は最近話題の福禄寿食堂の料理人美緒さんにうちの店の新メニューを考えてもらおうと思ってお呼びしたんだ」

「私は羅刹といつも細心の注意を払って、調理をしています。オーナーは私たちの料理では不満ですか？」

「いやいやそうじゃない。お前たちの仕事ぶりには感謝している。だが俺は今この店はお客を呼ぶことが急務だと考えたんだ」

毘沙門天がそう言うと、夜叉は静かに頷いた。

その会話を聞いていた美緒は、頃合いを見て夜叉に声をかけた。

「あのぅ、カレーライスとラーメンのお味見をさせていただけますか？」

美緒にそう言われた夜叉は軽く美緒に会釈して、置いてあるエプロンを付けた。

「今、お持ちしますのでテーブルでお待ちください」

美緒と毘沙門天がテーブル席で待っていると、少しして、夜叉は小皿に盛った試食用のカレーライスやラーメンなどを美緒たちの座ったテーブルに並べていった。

美緒はそれを順に一口ずつ味見していく。

美緒の表情を毘沙門天はハラハラして見守っている。

夜叉は、戦前から続いている定番メニューの味見などなにをいまさらといった顔付きで美緒の試食している姿を見ている。特に関心もない素振りだ。

美緒は味見を終え、少し考えた。

そしてこの食堂の人気を伸ばすためには切らなきゃいけない要素があると、はっきりと彼らに伝えないといけないという結論に至った。

そこで美緒は意を決して口を開いた。

「これみんなやめちゃいましょう」

「なんだってぇ～!!」

毘沙門天が思わず大声をあげた。それほど美緒の提案は予想外だったのだ。

「だってどれも昭和の頃のデパートのレストラン街の味なんだもの。ここでわざわざ頼まないですよ。甘いカレーとメンマとチャーシューを載せた醬油ラーメンなんて」

驚きのあまり、大きく口を開けていた毘沙門天は、そう言われて口を閉じ、腕を組んで考え込んでしまった。考え込むこと約一分、そして顔をあげ美緒の方をしっかりと見た。

「そう言われれば、そうかもしれない」

毘沙門天が店の危機に際して腹を決めた瞬間だ。

「それに店の売り上げはどうですか？　メニューの品目が多い割にはオーダーの入らない料理がほとんどじゃないですか。これじゃあ食材を捨てるために仕入れてるようなもんですよ」

「そうか……」

毘沙門天はそう言って何度も頷いた。そしてポンと軽く手で膝を叩いた。

しかし夜叉は美緒の言葉に不満そうだった。

それまで伝統の定番メニューで店を支えてきたという自負があるのだろう。いきなりその全てをやめると言われても、俄には承服しかねるといった顔付きだ。

美緒はふたりの表情を見た上で、話を続けた。

「ここはメニューを一品に絞り込みましょう。ズバリ、カレーです」

これに夜叉がたまらず反論を返す。

「カレーは今までもお店に置いていた定番メニューだ。三十年ほど前までは人気だった。しかしそれ以降注文は徐々に減ってしまったが……」

そりゃそうだ、三十年前ならデパートの食堂街のカレー屋はいつも行列ができていたと聞く。今は時代が変わったのだ、と美緒は思った。

「インドからイギリスを経由して日本に入って作られた日本式、海軍式の黒茶色のカレーじゃないんです。題して『毘沙門天カレー』、本場インドの本格カレーです」

「おおおっ、いいね、いいね」

毘沙門天は美緒が「福禄寿食堂をたった一、二か月のうちに人気食堂にした」という話を聞いたことで、彼女の提案がとても良い話に聞こえるようだ。

それは今の状況では美緒にとって幸運なことだと言える。お店のメニューを一新するなんてオーナーの協力がなければ不可能なことだ。

「日本に入ってきたカレーは、海軍が船内のレストランで大量に作れて保存が利き、食べていて飽きない日本風のカレーに改良し、そこから日本人の口に合うように変わっていったんです」

「そういえば故郷にはもう千年近く帰っていないから、本場インドのカレーの味は忘れちゃったかなぁ〜」

毘沙門天はそう言って、昔のことを思い出そうと首を傾げた。

「食べれば思い出しますって、味の記憶はいつでも誰でも鮮明に残るものなんです」

美緒が故郷徳島の味を思い浮かべながらそう言うと、毘沙門天はにっこり笑った。

「そうか、楽しみだねぇ」

夜叉は店を専門店化することで、この「毘沙門天食堂」の客足がはたして盛り返すのか不安に思っているようで、依然表情が曇ったままだった。

そんな夜叉に、美緒はメニュー一新の大切な役割を担ってもらおうと思った。

「夜叉さん」

「はい」

「お薬詳しいんですよね」

「そりゃあ、そういうのはひと通り勉強してきました。中国で作った料理は薬膳ばかりでしたから。薬叉とか信者の人たちに呼ばれてるのに、知らないとおかしいでしょう」

「では、このお店の一押しは薬膳カレーにしましょう。スパイスは漢方ではお薬でもあります。健康ブームの昨今、『薬膳』はお客様に注目してもらい、話題を呼ぶこれからの名店キーワードです」

美緒にそう言われて、夜叉の顔色がパッと明るくなった。

「そうですか、薬膳と言ってもスパイスを都合の良いように言い換えただけだけど」

夜叉はそう言って謙虚に答えた。

「それでも薬膳は薬膳です。夜叉さん以上の適任はいません」

それから美緒は店の厨房を覗かせてもらった。

そこで美緒は本格的なカレーを作るにはここは十分な広さがあることを確認したうえで、カレーに必要な具材の買い出しに出かけた。

スパイスの買い出しは夜叉にお願いした。

昔はインドのスパイス類は揃えることが難しく、海外から輸入されたものは希少性もあったかもしれないけど、現在はほとんどのスパイスはスーパーやショッピングモールで簡単に手に入る。もちろん通販で直接インドから買うこともできる。

最近では日本式のルーを使ったカレーではなく、スパイスを使った本格カレーを一般家庭で作ることも難しくない。

とはいえそれには手間と食材、そしてスパイスを調合する味覚センスが要求される。

こういった外食の専門店では一度食べてファンになってもらえれば、家庭で手間暇かけずにいつでも美味しい専門店カレーが気軽に食べられるお店と覚えてもらい、リピーターになってもらえる可能性が出てくる。

そこが最大の売りだ。

まずスパイスカレーを作るためにはスパイスからカレーベースを作る必要がある。

美緒は夜叉に教わりながら、代表的なスパイスの五種類、クミンシード、カイエンペッパー、コリアンダーパウダー、クミンパウダー、ガラムマサラを使うことにした。

ガラムマサラはカレーの仕上げに欠かせないミックススパイス、これは同じ名前で売られていてもお店によって配合が異なってくるので、まずは夜叉の選んでくれたものを使う。

さらにガーリック《にんにく》、ジンジャー《しょうが》、シナモン、カルダモン、クローブ、オールスパイス、ターメリック《うこん》などを加えていくことで、香りやコクを独特なものにしていくことができる。

さて、材料を仕入れてきた美緒は食堂の厨房を借りて薬膳カレーの調理に取りかかった。

玉ねぎ一個、トマト二個、カボチャ四分の一、ニンジン半分、鶏のもも肉一枚、ヨーグルト少量。

すりおろしたジンジャーとガーリック各大さじ二分の一、チリペッパー四本、カットトマト缶一カップ、プレーンヨーグルト四分の一カップ、塩小さじ一杯半、サラダ油大さじ三杯、水一カップ。

そして「ホールスパイス」はクミンシード小さじ一杯。

「パウダースパイス」は、カイエンペッパー小さじ一杯、コリアンダーパウダー小さじ二杯、クミンパウダー小さじ一杯。

仕上げ用のスパイスとしてはガラムマサラ小さじ二分の一。


まずフライパンにサラダ油と相性のいいクミンシードを入れて中火で炒めていく。

火が通って良い香りが漂ってきたら、そこにスライスした玉ねぎを加え、茶色になるまで炒める。

タイミングを見て弱火に落とし、ジンジャーとガーリックのすりおろしを加えて、さらに炒める。

ししとう、パクチー、トマトを入れ、さっと混ぜてから、ヨーグルトを加え、さらに一分ほど炒める。

弱火にしてからパウダースパイスと塩を加えたら、全体を軽く混ぜて水を加え、強目の中火で沸騰させてしばらく煮込む。

濃度がついて、油が分離してきたら頃合い。ガラムマサラを加え、一煮立ちさせてカレーベースは完成だ。

このカレーベースを使えば鶏、海鮮、ベジタブルなどの具材を加えてカレーの種類を増やしていくことができる。

「カレー専門店なので、カレーの品数は揃えておかないと幅広いお客様のニーズに対応することができません」

そう言って美緒はできあがったカレーベースを使い、チキンカレーを作り始めた。

まず、作ったばかりのカレーベースを底の厚い鍋に入れ、中火で温める。

同時にフライパンで一口大に切った鶏肉に火を通していく。

カレーベースがグツグツしてきたら、焼いた鶏肉を加えてなじませていく。注意すべきはベースが十分に温まっていないと肉の臭みが出てしまうということ。

そこでガラムマサラを加え、さっと混ぜて全体になじませる。

ガラムマサラはさらに風味を足してくれる優れものだ。

最後に火を止めて、パクチーの葉を混ぜれば完成。パクチーは好みで上に散らしてもいいだろう。

美緒はこうしていくつかのカレーを作ると試食の小皿に盛り付け、座ってカレーのできあがりを待っている毘沙門天と夜叉の前に並べた。

スパイスの配合量、ヨーグルトの分量、肉や野菜、魚介の配分などは、ここから決めていかなければいけない。

「さあ、召し上がれ」

そう言って美緒はふたりの顔を交互に見た。

「待ち遠しかったよ。なにしろ作ってる最中の香ばしい香りが鼻腔をくすぐってさ。この香りだけでなんだかインドにいた頃を思い出してきた」

「スパイスの力ですね」

「北インドの高原の風景が浮かんできた」

毘沙門天と夜叉は並べられたカレーに釘づけになっている。

「インドカレーで本来使われているスパイスだけじゃなく、今回は東南アジア全域のスパイスを使いました。パワーの漲《みなぎ》るスパイス、痩せるスパイス、食欲増進のスパイス、体調調整のスパイス、スパイスにはそれぞれに体に必要な要素が入っています。ただ辛くする、香りで食欲をそそるだけじゃありません」

美緒のその言葉を聞いて、毘沙門天が答える。

「そうだ、スパイスはそうでなくっちゃ」

「そこでインド出身の毘沙門天様のお店の名前が生きてくるんです」

美緒の言葉に夜叉も相槌を打つ。

「やはり本場の香りは、説得力ありますね」

「私はスパイス十八種類を厳選しました。これで痩せたいお客様、体調管理を気にするお客様、元気を出したいお客様などの需要に応じてさらにスパイスをカレーに調合していきます」

美緒の説明を聞きながら、待ちきれなかったのか毘沙門天はすでにカレーを食べ始めている。食べ方も右手だけで美緒が即席で作ったナンを器用にちぎり、カレーを載せて口に運んでいる。昔の記憶が自然に蘇ってきたのだ。

「おおおっ」

毘沙門天は満足そうにうなり声をあげた。

美緒はそこでスパイスカレーの長所を語り始めた。

「日本で一般的に食べられているカレーは約五十パーセントが油でできています。これでは毎日和製カレーだけを食べていたら病気になっちゃいます」

「そうだったのか」

「とん骨ラーメンも汁の成分の三分の一はラード、豚の油を使っています。油は取りすぎると動脈硬化などの直接的な原因になります。薬膳健康カレーは油の使用量を二十パーセントまで抑えました。ヘルシーブームですから」

「それだと、カレーのマイルドで柔らかな旨味が出なくなってしまうのでは？」

美緒の説明を聞いて夜叉が当然の疑問を口にした。

「確かに油の多いカレーとここにあるカレーはまったく同じ口当たりではありません。でもその分胃もたれしません。体に優しいことをメニューなどに書いて、説明しましょう」

「それならわかってもらえそうだ」

と夜叉。

「それに、野菜をじっくり煮込んで油の代わりにマイルドな旨味を出します。普段家庭で食べているカレーとはまた違った旨味が出ているはずです。これなら毎日食べても、栄養のバランスが良いので健康にいいですよ」

そこまで美緒の説明を聞いて、毘沙門天はわかったと言わんばかりに両膝を叩いた。

「素晴らしい、早速このカレーを毘沙門天カレーとして売り出そう」

「そうです、ご参拝の帰りは異国の神様の味をご堪能あれです」

そう言って美緒はふたりに詳しいレシピを渡し、挨拶をすると、福禄寿食堂に戻る道を急いだ。

店に戻った美緒は、弥太郎が雇ったばかりのアルバイトに店を任せていなくなっていることに驚いた。

「弥太郎さん、もう」

美緒は焦って店内を見回した。数組のお客様が食事がくるのを待っている。美緒には彼らのイライラがすぐに伝わってきた。

早速、待たせていたお客様のテーブルを回って詫びを言い、頭を下げた。

お客様のオーダーを確かめて厨房に入ると、オーダー順に手早く料理を作ってテーブルに出していく。

「このお味噌汁、お代わりはできるんですか？」

店の奥の席から、なんだか聞いたことのある声が聞こえてきた。

「すみません、有料になっちゃいます」

美緒は眉を下げて、すまなそうに客席に向かって答えた。

「それじゃあ、味噌汁に大盛りってあるのかなぁ」

今ので、美緒は声の主が誰だかわかったような気がした。以前に働いていた貉庵に来た自称食通のブロガーだ。

「ごめんなさい〜、味噌汁の大盛りはございません」

「え――――ないのかぁ〜」

この人はいつもこんな調子なのかな？　と美緒は思った。

そのとき、店の入り口に人影が見えた。

その只ならぬ気配に咄嗟に振り返ると、見るからに恰幅の良い神々しいシルエットが飛び込んできた。

神様って太ってる方が多いのは、その方が福々しいからかなぁと美緒はふと思った。

美緒はその人物を、はなっから神の眷属と決めてかかっていた。

「美緒さんっていう料理人の方はいらっしゃいますか？」

両耳が大きい、耳たぶが垂れ下がった肥満体の男は、美緒のことをご指名で訪ねてきたようだった。

耳たぶに付けている勾玉のイヤリングが少し変わっている。

お客様のテーブルにひと通り料理をお出しできた美緒は、入り口に立った新客に元気よく声をかけた。

「は～い、いらっしゃいませ、福禄寿神食堂にようこそ!!」

〈了〉

この物語はフィクションです。
実在の人物、団体等とは一切関係がありません。
本書は書き下ろしです。

東京スカイツリー、スカイツリーは東武鉄道株式会社、
東武タワースカイツリー株式会社の登録商標です。

■スペシャルサンクス（ご協力いただいた取材先）
天祖神社
阿波や壱兆
18Spice（ネパール家庭料理の店）

宮川総一郎先生へのファンレターの宛先

〒101-0003　東京都千代田区一ツ橋2-6-3　一ツ橋ビル2F
マイナビ出版　ファン文庫編集部
「宮川総一郎先生」係

ファン文庫

七福神食堂

2019年3月20日　初版第1刷発行

著　者　宮川総一郎
発行者　滝口直樹
編　集　山田香織（株式会社マイナビ出版）
発行所　株式会社マイナビ出版
〒101-0003　東京都千代田区一ツ橋2丁目6番3号　一ツ橋ビル2F
TEL　0480-38-6872（注文専用ダイヤル）
TEL　03-3556-2731（販売部）
TEL　03-3556-2735（編集部）
URL　http://book.mynavi.jp/

イラスト　alma
装　幀　AFTERGLOW
フォーマット　ベイブリッジ・スタジオ
ＤＴＰ　富宗治
校　正　株式会社鷗来堂
印刷・製本　図書印刷株式会社

Fan
ファン文庫

焼きたてパン工房プティラパン

僕とウサギのアップルデニッシュ

著者／植原翠
イラスト／いつか

食べたらみんなが笑顔になる
パンをつくりたいの！

獣民の町・花芽町のパン工房「プティラパン」で
お手伝いをすることになった想良。ウサギのパン屋さんで
繰り広げられるほのぼのオムニバスストーリー！

魔女ラーラと私とハーブティー

著者／国沢裕
イラスト／ふすい

神戸を舞台に、
ほっこりほんわか魔法ストーリー！

ご近所さんが魔女でした!?
二人が共有する、ちょっと不思議な物語を、
美味しいハーブティーとともに紡ぎます。